Elsa Rieger
LiebesWellen

Elsa Rieger

LiebesWellen

Verstrickt
im dunklen Familiengeheimnis

Impressum
2. Auflage
Copyright 2017 Elsa Rieger
Coverdesign: Irene Repp - http://daylinart.webnode.com/
Bildrechte: © dimaberkut - 123rf.com; © Andrey Shupilo - 123rf.com; © fedorkondratenko - 123rf.com; © Michele Zuliani - 123rf.com
Lektorat: Judith Lasar

TWENTYSIX – der Self-Publishing-Verlag
Eine Kooperation zwischen der Verlagsgruppe
Random House und BoD – Books on Demand

Herstellung und Verlag:
BoD – Books on Demand, Norderstedt

ISBN: 978-3740734329

LiebesWellen

1. Verrückt!

Was mache ich nur aus meinem Leben? Wie jeden Tag jogge ich zur San Giusto hinauf, lege mich hinter der Kirche ins Gras. Ich spüre mein Herz, schon stelle ich mir wieder die Frage, was ich aus meinem Leben machen soll. Jetzt bin ich seit drei Monaten in Triest.

»Dennis Myers«, keifte meine Mutter kurz davor in dem kleinkarierten Reihenhaus in Evanston am Michigansee, »so kann das nicht weitergehen.« Immer wenn sie sauer ist, ruft sie mich mit Vor- und Nachnamen. Wahrscheinlich, weil sie betonen möchte, dass zur Hälfte mein Vater die Schuld an mir trägt. »Du gehst nach Europa, Dennis Myers. Das One-Way-Ticket habe ich schon gekauft. Vielleicht kannst du dort was aus deinem Leben machen.«

Und was macht das Leben aus mir?

»Hi!«

Ich reiße die Augen auf. Über meiner Brust baumeln blonde Strähnen. Die schönste Frau, die ich je gesehen habe, setzt sich neben mich, zupft einen Grashalm aus und kaut darauf herum.

»Ich bin Undine und du?«

»Dennis Myers.« Ich stehe auf, sie bleibt im Gras sitzen.

Schnurglatt das Haar bis zur Taille, rote Shorts.

»Du läufst auch?« Was für eine Hornochsenfrage!

Sie lacht mich an und wackelt mit den Joggingschuhen.

»Ab und zu. Rennen wir zusammen hinunter und frühstücken irgendwo?«

Das habe ich gehofft! Sie springt auf und sprintet voraus, ich muss mich anstrengen, sie einzuholen, bemühe mich Schritt zu halten unter der gleißenden Sonne. Ihr Gold hat sich verflüchtigt. Zwischen immer mehr Menschen, dem Gehupe und den Abgasen verfliegt der Zauber unseres Gleichschritts.

In der Cafeteria wird ein Tisch frei, ich bestelle Café und ein Dolce, Undine ebenso.

Sie schiebt den Arm über den Tisch und tippt mit dem Zeigefinger auf meine Brust. »Was treibst du in Triest?«

»Ich lebe hier!«

Kichernd sagt sie: »Du bist Ami!«

»Na und?« Trotzdem fühle ich mich bemüßigt, ihr zu erklären, dass die Familie meiner Mutter aus Triest stamme und um 1900 nach Amerika ausgewandert sei.

Undine tunkt mein Cornetto in ihren Kaffee, das gefällt mir. Als wären wir ein Paar.

»Und du?«

Ihre türkisfarbenen Augen blitzen. »Ich wohne noch bei meinen Eltern.« Sie springt auf, wischt die Krümel von den Shorts. »Ich muss jetzt …«

»Schade.« Rasch werfe ich das Geld auf die Theke und folge ihr. Sie ist schon fast um die nächste Ecke, ich rufe:

»Vielleicht treffen wir uns ja wieder einmal oben bei San Giusto?«

Sie dreht sich um, kommt zurück. Streicht über meine Wange, flüstert: »Ciao.«

Ich schlage den Weg zu meiner Wohnung ein und spüre immer noch ihre Hand. Erst duschen und dann zur Uni, mich informieren. Ich muss endlich anfangen.

Während ich die Haustür aufschließe, berührt jemand meine Schulter. Instinktiv balle ich die Faust, fahre herum.

Undine! Sie lächelt. »Kaum warst du weg, hab ich dich schon vermisst.« Ihre Augen glänzen. »Dennis, ich bin in einer schlimmen Lage, hilfst du mir?« Sie blickt über die Schulter.

Ich ziehe sie in den Hausflur, frage, was los ist.

Sie zupft an meinem Shirt.

Ich nehme sie mit nach oben.

Kaum habe ich geöffnet, rennt sie durch die winzige Diele ins einzige Zimmer und wirft sich aufs Bett, das den größten Raum einnimmt.

In ihren Wimpern schillern Tränen. Auf einmal kichert sie. Was ist nur los mit dieser Frau?

Ich gehe ums Bett herum zum Fenster, möchte den Verfolger sehen, aber da ist keiner. Ich sage es ihr.

»Hatte so ein komisches Gefühl, aber jetzt ist alles okay.«

So was! »Also wenn jetzt nichts weiter anliegt, gehe ich unter die Dusche.«

Sie schläft, als ich zurückkomme. Ich schleiche zum Schreibtisch am Fußende des Bettes, setze mich auf meinen Stuhl. An den Schläfen ist Undines Haut fast durchsichtig. Ihr Haar ist weißblond. Seufzend dreht sie sich zur Seite. Unter dem Rand der Shorts sehe ich die Rundung einer Pobacke.

Seit Wochen habe ich keinen Sex. Ich zünde mir eine Zigarette an, starre durch den Rauch auf die Gasse hinunter. Gegenüber deckt der Kellner die Tische unter der Laube. Bald Mittag.

2. Vielleicht ein Freund?

Dennis überlegt jetzt wohl, ob er sich zu mir legen soll.

Ich würde ihn nicht zurückweisen, er hat eindeutig Hemmungen. Wie süß. Seine Haut ist fast dunkel. Die Löckchen an den Schläfen, ich mag brünett, und erst die Stupsnase.

»Ich sehe, dass du wach bist«, sagt er grinsend.

»Hi …«

»Sagst du mir jetzt, wer dich verfolgt?«

Zum Glück steht auf dem Nachttisch ein Wecker. Ich stürze aus dem Bett.

»Ich muss nach Hause, wir essen gleich. Papa legt großen Wert auf Pünktlichkeit.«

Dennis hält meinen Arm fest. »Was war das vorhin?«

»Ich weiß nicht, plötzlich bekam ich schreckliche Angst. Ich muss nun wirklich.«

»Sehen wir uns wieder?«

Ich zwinkere ihm zu und hoffe, dass es verrucht wirkt, dann schließe ich die Tür.

»Leg dich bloß nicht fest bei den Männern!«, hat Carla mir geraten und sie kennt sich aus. Oft sehe ich sie vor mir, nackt auf der rosa Bettdecke, noch Kind, wie ich.

Ein Mann streichelt sie, Carla kichert, als er sich zwischen ihre Beine beugt.

*

Ich lege mich auf die Stelle, wo Undine gelegen hat, spüre ihrem Geruch nach. Ich hätte ihr wenigstens meine Telefonnummer geben sollen!

Am Nachmittag rapple ich mich auf, gehe raus, kaufe ein Vorlesungsverzeichnis und setze mich ins *Tommaseo*.

Umgeben von alten Männern, die Karten spielen oder Zeitung lesen, blättere ich im Verzeichnis. Auf jeder Seite sehe ich Undines Gesicht. Ich klappe es zu. Offensichtlich bin ich mit vierundzwanzig immer noch nicht in der Lage, was aus mir zu machen! Die Fragen meiner Eltern werden von Woche zu Woche eindringlicher. Ich bestelle Campari.

Die Redaktionen, in denen ich vorgesprochen habe, melden sich nicht. Auch das Konservatorium will keinen Gitarre-Lehrer ohne Abschluss.

Ich bezahle und schlendere zum Hafen hinunter.

Es stinkt nach Rohöl. Am Ende der Mole liegt ein Schiff mit einer gelben Taucherkugel vor Anker. Die Männer an Deck tragen bunte Tücher um die Köpfe und sehen wie Seeräuber aus mit ihren nackten

Oberkörpern. Der Sprache nach sind es Engländer. Sie verlassen das Schiff, kommen an mir vorbei.

»Hi«, sagt einer freundlich. Sie steuern auf die Hafenkneipe zu, ich schließe mich an. Bei Bier und Ciabatta mit Prosciutto frage ich: »Englische Piraten?«

Einer zieht das Tuch vom Kopf und schüttelt das Haar. »Meeresbiologen. Wir erforschen die Killeralgen.«

Die meisten sind Studenten, sagt er, und dass sie während des Sommers an den Küsten entlang kreuzen und Wasserproben untersuchen.

Sie scherzen mit ihrem Professor, den sie Flesh Gordon nennen, ich spreche ihn an: »Kann ich mal mitfahren?«

Flesh meint: »Löhnen können wir allerdings nichts. Essen ist drin. Morgen um sechs geht es los.«

Endlich Abwechslung. Ich stecke eine Zigarette an, setze mich auf dem Heimweg in einen Cafégarten und bestelle Espresso. Die chronische Ratlosigkeit macht mich fertig. Ich lese in der New York Times, die für die Touristen ausliegt. Zu Hause erwartet mich Undine, sie hockt auf den Stufen.

»Wo warst du so lange?« Sie ist verärgert.

»Sind wir verlobt?« Ich lache die Verlegenheit weg.

Sie springt auf, schlingt die Arme um meinen Nacken. »Ach, weißt du, ich habe das Gefühl, ich kenne dich schon ewig.« Sie drückt mir einen Kuss auf die Wange.

Behutsam schiebe ich sie weg. »Und nun?«

Sie zuckt die Schultern.

»Möchtest du etwas trinken gehen?«

»Heißt das, du willst mich nicht mit raufnehmen?«

»Hey, was soll das denn!«

Ihre Lippen zittern, bestimmt heult sie gleich. Meine Vermieterin streckt den Kopf aus dem Fenster.

»Komm.«

Undine springt die Stufen nach oben, summt *Sledge Hammer*. Peter Gabriel, einer meiner Lieblingsmusiker! Der Song passt.

Ich lege die CD ein. Undine tanzt, ich beobachte sie vom Schreibtisch aus. Sie hat die Augen geschlossen und sieht schrecklich traurig aus.

»I want to be your sledgehammer …«

Ich habe Lust auf sie, zugleich Angst vor ihr. Lustangst. Ich mache die Zigarette aus und hole eine Coke. Undine nimmt mir die Flasche ab, trinkt.

»Wieso kennst du Peter Gabriel? Hätte nicht gedacht, dass du Musik aus den Achtzigern hörst.«

»Mein erster Freund war Drummer in der Schulband. Er hat am liebsten Gabriel gespielt.«

»Und ist er Musiker geworden?«

»Ich habe Ian aus den Augen verloren.« Undine stellt die Flasche weg, legt den Kopf schief und lächelt mich an. »Schlaf mit mir!«

Ich verschlucke mich, huste, flüchte ans Fenster.

»Feigling!« Sie setzt mir nach, schlägt mir ins Gesicht und geht.

Ich bin richtig wütend, was fällt der blöden Kuh ein? Meine Wange glüht, Fernsehen hilft nichts. Ich spiele noch einmal die CD, sehe sie tanzen. Sie hat recht. Ich bin ein Feigling. Auf der ganzen Linie.

Ein Traum plagt mich in dieser Nacht. Ich fahre auf der Autobahn, am Pannenstreifen rennt eine Frau mit langem, blondem Haar. Sie sieht sich mit schreckgeweiteten Augen ständig um. Ich beschleunige, um ihr zu helfen, da rast ein Truck donnernd an mir vorbei, so knapp, dass ich das Lenkrad verreiße.

Als ich den Wagen wieder unter Kontrolle habe, ist die Frau verschwunden. Weit vor mir die Rücklichter des Trucks.

Um fünf Uhr morgens bin ich hellwach.

3. Ablenkung mit Folgen

Das Schiff legt ab.

Ein Rothaariger stellt sich als Ian vor.

»Schiffsjungen schrubben das Deck und schälen Kartoffeln«, grinst er und drückt mir Eimer und Wischer in die Hand. Flesh hält mich zurück, das Putzwasser schwappt über.

»Lass dich nicht drankriegen. Außer Ian sind noch andere Komiker an Bord. Genieße einfach die Fahrt, okay?« Der feixenden Crew zeigt er den Finger. Dann kehrt er zur Seekarte zurück, um die Tagesroute einzuzeichnen.

Auf Deck befindet sich ein Labor.

»Was genau macht ihr?«, frage ich Ian, der mit mir über das Schiff schlendert.

»Wir messen den Schadstoff- und Nährstoffgehalt des Wassers, überprüfen die Erhöhung von Phosphor- und Stickstoffverbindungen. Dabei kannst du mir helfen.«

Ian füllt Reagenzgläser mit Meerwasser aus einem Eimer, notiert Datum, Uhrzeit und den genauen Standort auf Etiketten. Dann reicht er mir die Reagenzgläser, ich klebe die Etiketten darauf.

»Bist du Ire?«

»Weil ich rothaarig bin? Ja, zur Hälfte, zur anderen Italienisch. Meine Mutter war Gälin.«

»Und du lebst in Triest?«

»Schon lange nicht mehr. Vater ist Diplomat. Zuletzt lebten wir in Prag. Meine Kindheit habe ich in Triest verbracht. Und du?«

»Warum hast du mich eigentlich verarscht?« Ich bin immer noch gekränkt.

»Ach komm! Ist normal, wenn ein Neuer an Bord kommt«, er lacht versöhnlich, streckt mir die Hand entgegen. Ich schlage ein.

»Freunde?«, sagt er und ich nicke.

»Woher kommst du, Dennis?«

»Aus der Nähe von Chicago.«

»Siehst italienisch aus.«

»Die Familie meiner Mutter stammt von hier.«

Ian meint: »Triest ist ein Dorf. Ich studiere in London.«

»Gegen Evanston, wo ich herkomme, ist Triest eine Metropole.«

»Und was hast du in Amerika getrieben?«

»Ich habe eine Grunge-Band gegründet. Meine Mutter war ziemlich sauer. Sie wünscht sich, dass ich Arzt werde. In Triest studieren viele Nachzügler aus dem Ausland. Aber ich weiß nicht, welches Fach.«

»Ich wusste immer, dass Meeresbiologie mein Beruf ist. Übrigens gründete ich auch eine Band während der Schulzeit. Rhythm and Blues. Das Studium lässt mir keine Zeit mehr dafür. Und du?«

»Mutter antwortete in meinem Namen auf eine Stellenausschreibung des Chicagoer Sinfonieorchesters. Die Absage war an mich adressiert. Dann wollte Dad unbedingt, dass ich in seinen Autohandel einsteige. Jetzt bin ich hier gelandet.«

Ians Kollege bringt zwei volle Eimer.

Wir arbeiten schweigend weiter, dann springt Ian auf.

»Ich brauche eine Pause.«

Ich rauche an der Reling und sehe aufs Meer. Möwen fliegen hoch über uns, stürzen kreischend herab.

Fleshs Frau ruft zum Essen.

»Mal sehen, was sie heute zusammengemanscht hat«, sagt einer.

Joan streckt die Zunge heraus. Wenn sie nicht mit Kochen beschäftigt ist, sitzt sie unter dem Sonnensegel und schreibt Fantasygeschichten für Kinder.

Die Crew isst in zwei Schichten. Es gibt Kartoffelpüree und Fisch.

»Und was macht ihr mit den Ergebnissen?«, frage ich Flesh, der neben mir sitzt.

Er lässt die Gabel sinken. »In den Achtzigern wurde die Caulerpa taxifolia, wie die Killeralge heißt, eingeschleppt. Vermutlich von der Westküste

Australiens. Sie bringt das Ökosystem des Mittelmeers aus dem Gleichgewicht. – Joan? Kann ich noch etwas Kartoffelbrei haben, es schmeckt genial!«

Sie klatscht, obwohl ich protestiere, mir ebenfalls eine zweite Portion auf den Teller.

»Die Blüten absorbieren das Sonnenlicht und die Pflanzen in der Tiefe sterben ab.«

Ich warte, bis er den Mund voll Brei hat.

»Langsam. Ich kann das nicht alles auf einmal verdauen.«

»Was?«, prustet ein Student los, »Joans Futter oder die Ansprache vom Prof?«

»Dadurch sterben auch die Fischarten aus, die sich von den Pflanzen ernähren. Man nennt das Gewässerbiozönose«, sagt Flesh.

»Hey, jetzt reicht's aber. Dennis ist schon grün um die Nase«, ruft Joan dazwischen, »er kann gar nicht mehr essen, der arme Junge.« Sie blickt missbilligend auf meinen halbvollen Teller, ich reibe mir demonstrativ den Magen.

»Danke, ich bin wirklich satt.«

»Vielleicht finden wir eine Möglichkeit, die Küsten zu retten.« Flesh trinkt sein Glas Milch aus und steht auf.

Gegen sechs laufen wir in den Hafen ein. Ich wünsche alles Gute. Am nächsten Morgen fahren sie zur kroatischen Küste und werden nicht so bald wieder kommen. Flesh verspricht, sich zu melden. »Du darfst auf keinen Fall unser Abschiedsfest an Bord versäumen, vor unserer Rückreise nach London«, sagt er.

Die Männer führen ein ausgefülltes Leben, scheinen zu wissen, was sie tun und das mit Begeisterung. Ich bin richtig neidisch, denn ich habe mein Schiff verpasst.

4. Buchhändler statt Lackaffe

Ich starre in die Auslage eines Antiquariats. Ein großes, aufgeschlagenes Märchenbuch. Auf einem Felsen sitzt eine Nixe. Sie hat langes blondes Haar und sieht mich mit türkisfarbenen Augen an. In der Scheibe spiegelt sich mein Gesicht.

Teilzeitstelle zu vergeben, steht auf dem Schild neben dem Buch.

Eine Schelle klingelt, die Tür springt auf.

Es ist düster. An der Decke Kugelleuchten. Ein alter Mann mit Lupenbrille sitzt an einem antiken Schreibtisch. Er schaut von seinem Buch auf.

»Per favore?«

»Buon giorno.« Ich versuche ein Lächeln und trete näher.

»Ah, ein Tourist!« Der Buchhändler nickt.

Das gibt es doch nicht! Mein Italienisch ist perfekt.

»Ist der Job noch zu haben?«

»Kennen Sie sich mit antiquarischen Büchern aus? Es ist eine staubige und mühselige Arbeit.« Der Mann niest, zieht ein Taschentuch hervor und schnäuzt sich ausgiebig. Dann steht er auf. Ich bin ein Meter neunzig, er überragt mich. Hager und knochig. Zwei Falten ziehen sich von den Nasenflügeln zu den Mundwinkeln. Wieder gleitet sein Blick über mich, er scheint nicht überzeugt zu sein.

»Alte Bücher üben große Faszination auf mich aus.«

Er streckt mir die Hand entgegen, kühl und trocken fühlt sie sich an. »Frederico Masteggio, sagen Sie Fredo zu mir.«

Ich habe das Richtige gesagt! »Dennis Myers.«

Wir trinken einen Grappa auf den morgigen Probetag.

Ich laufe durch die Stadt, erhitzt vor Aufregung. Ein Job! Endlich verdiene ich etwas! Vielleicht muss ich doch nicht als Lackaffe Gebrauchtwagen verkaufen. Zur Feier gönne ich mir Spaghetti vongole in der Trattoria. Unter der Laube hat sich die Hitze des Tages gestaut. Plötzlich kann ich es wieder genießen, dazusitzen und nichts zu tun, zu warten.

Als ich zu meinem Appartement hinüberschaue, fällt mir Undine ein, gestern kauerte sie auf den Stufen. Sie kennt mich ein paar Stunden und will mit mir ins Bett. Danach sieht sie gar nicht aus.

»Il conto, per favore!«

Fredo Masteggio führt mich in die Geheimnisse seiner Bücherkisten ein. »Gehen Sie äußerst behutsam vor, Dennis.«

Als ich damit beginnen will, die Bücher von der Patina zu befreien, schreit er auf. »Bloß nicht! Wollen Sie, dass sich meine Schätze in ihre Bestandteile auflösen? Von darauf herumreiben habe ich nichts gesagt. Sie sollen sie nach Gebieten und Autoren ordnen.«

»Warum? Kein Wunder, dass Sie so grau sind.«

Fredo lacht nicht, stakst zur Anrichte und schenkt Grappa ein.

»Auf den Schrecken brauchen wir einen. Prost!« Fredo trinkt sein Glas schwungvoll aus. »Sehen Sie, der Papierstaub konserviert, hält das Buch trocken und die Motten fern. Also bleibt er drauf.«

»Sie verkaufen schmutzige Bücher?«

Er blickt mich kühl an und zieht eines aus dem Regal.

»Ich zeige Ihnen, wie das funktioniert.« Sanft klopft er auf den Buchdeckel. Ein Wölkchen erhebt sich. »So macht man das. Ecco!« Fredo streicht über den Einband.

»Darf ich?«

»Passen Sie schön auf, Dennis.«

Ich lese: »Des Meeres …«

Fredo kichert. »…und der Liebe Wellen. Es ist deutsch. Franz Grillparzer. Kennen Sie das Stück?«

Um ihm zu gefallen, nicke ich. Dann aber sage ich: »Nein.«

»Der du die Liebe gibst, nimm all die meine. Dich

grüßend nehm' ich Abschied auch von dir«, deklamiert er und übersetzt. »Es ist die tragische Geschichte von Hero und Leander. – Stellen Sie es zurück.«

Fredo geht zum Schreibtisch und trinkt noch einen Grappa. »Leander liebte Hero, eine Aphroditepriesterin. Er durchschwamm jede Nacht den Hellespont, um sich mit ihr zu treffen. Aber einmal erlosch die Lampe im Sturm, die als Wegweiser diente. Leander fand den Weg zum Ufer nicht und ertrank. Als der Leichnam angeschwemmt wurde und Hero ihn fand, stürzte sie sich von den Klippen.«

»Wie romantisch.«

»Ja, für euch Junge ist das zu abgehoben, nicht wahr? Was hat Sie nach Triest verschlagen?«

Ich setze mich zu ihm.

»Ich habe bei einem Fernsehsender gearbeitet. Zuerst war ich von denen begeistert, sie wirkten sozial und liberal. Ich arrangierte Interviews mit Leuten, die mit versteckter Kamera gefilmt wurden. So kam es oft vor, dass ich den Redakteur vor wutentbrannten Gesprächspartnern retten musste. Eines Tages bin ich mit dem Arbeitgeber jedoch zusammengekracht; er bedrängte eine junge Frau, die von ihrem Stiefvater jahrelang missbraucht wurde und sogar ein Kind von ihm bekommen hatte. Sie war in Tränen aufgelöst, aber er ließ nicht ab von ihr. Ich schmiss den Job, bevor man mich feuerte. Danach gab ich Gitarrenunterricht. Im Autohandel meines Vaters wollte ich auf keinen Fall arbeiten. Und letztes Jahr wurde ich vierundzwanzig. Meine Mutter setzte Dad gegenüber durch, dass ich für sechs Monate nach Europa gehe. Wenn ich danach nichts in Aussicht habe, muss ich in die Firma einsteigen.«

»Und nun sind Sie bei mir gelandet.«

»Seit drei Monaten lebe ich hier, und bin keinen Schritt weitergekommen. Trotzdem fühle ich mich in Triest mehr zu Hause.«

»Wovon leben Sie, wenn ich fragen darf?«

»Ein monatlicher Scheck hält mich gerade mal so über Wasser.«

Ich soll einen Nachlass sortieren, der mehr als tausend Bücher umfasst und Karteikarten anlegen. Fredo traut Computern nicht, er will, dass ich die Karten auf einer alten Underwood Schreibmaschine tippe.

Mein Probetag ist wunderbar verlaufen, Fredo lächelt sogar. Wir vereinbaren, dass ich vorerst jeden zweiten Tag arbeiten soll.

Ich strecke mich auf dem Bett aus. Kann mich gar nicht beruhigen vor Freude.

5. Schemen und Nymphen

Explosionen hallen aus der Talsohle bis zum Berggipfel herauf, von dem aus ich hinunterschaue. Das Zucken meiner Beine weckt mich, schlaftrunken höre ich Stakkatoklopfen an meiner Tür, die die Detonationen aus meinem Traum ablösen. Es ist schon dunkel. Ich rapple mich auf, stolpere über den Türstaffel zum Vorzimmer.

»Mist!« Dann ertaste ich den Lichtschalter und öffne benommen.

»Hi, Dennis.« Undine drängt sich an mir vorbei ins Zimmer, lässt sich aufs Bett fallen. Sie ist ein Bumerang. Heute in einem Minikleid aus glitzerndem Aquamarin. Es passt zu ihren Augen. Ob sie mich wieder auffordern wird, mit ihr zu schlafen? Ich sage auf jeden Fall nein, wenn sie davon anfängt; es verstößt gegen mein Prinzip, ich kenne sie schließlich kaum.

»Ich mach mich frisch.«

Schnell gehe ich ins Bad, wasche das Gesicht mit kaltem Wasser.

»Wie war dein Tag?«, ruft sie mir nach.

»Gut gelaufen. Mein Chef ist nett.«

Sie lächelt, als ich ins Zimmer komme. Ich zünde mir eine Zigarette an.

»Gib mir auch eine.« Sie streckt die Hand aus. Als ich mich über sie beuge, um ihr Feuer zu geben, zerzaust sie mir das Haar.

»Hast du noch etwas vor?«

Sie ist geschminkt und dann das elegante Kleid. »Ja. Mit dir.«

Ich setze mich neben sie. »Das wird nichts.«

»Es gibt eine Party und ich nehme dich mit.« Sie atmet den Rauch ein und aus, ohne zu inhalieren, dämpft die Zigarette dann im Aschenbecher auf meinem Nachtkästchen ab. »Bitte.«

Ich habe keine Lust auf laute Musik, fremde Menschen, bin hungrig und müde. Versuche mich herauszureden: »Musst du heute nicht pünktlich zum Essen zu Hause sein?«

Sie setzt sich auf. »War schon.« Undines Mund lacht. Aber ihre Finger verknoten sich verzweifelt.

Ich möchte sie in die Arme nehmen, doch in dem Moment steht sie auf, sieht mich eindringlich an.

»Bitte, komm mit!« Ihr Blick könnte Steine schmelzen, ich ziehe mich um.

Carla wohnt am Stadtrand auf dem Anwesen ihrer Familie, das von einer hohen Mauer mit Zinnen umgeben ist. Schon auf dem Parkplatz, der ein paar hundert Meter vom Haus entfernt liegt, sind Technoklänge im Wechsel mit Robbie Williams zu vernehmen.

»Carla kenne ich seit dem Kindergarten, stell dir vor.«

»Wie alt bist du eigentlich?« Mir fällt auf, ich weiß nichts über sie, außer dass sie joggt, mit mir ins Bett will und pünktlich zum Essen zu Hause sein muss.

»Zweiundzwanzig, und du?«

Wir haben den Vorplatz der Villa erreicht, weißer Kies, gesäumt von einem Rosenspalier. Leute mit Sektgläsern stehen herum, Undine hängt sich bei mir ein.

»Vierundzwanzig.«

»Rein alterstechnisch sind wir geschaffen füreinander.« Sie hüpft übermütig, winkt einigen zu, die mit einem Lächeln antworten.

Zur Eingangstür führt eine breite Treppe empor, auf den Stufen sitzen Gäste, wir drängen uns durchs Foyer in einen Saal, in dem riesige Boxen dröhnen. Der Raum erinnert mich an den Film ›Nur Pferden gibt man den Gnadenschuss‹. Leergeräumt, nur an den Wänden stehen Stühle aufgereiht und auf dem Parkettboden tanzen jede Menge Menschen. Ein Discjockey steht mit seiner Anlage zwischen den Boxen, er zuckt spastisch und grinst von einem Ohr zum andern.

Undine, die bis jetzt bei mir eingehängt geblieben ist, reißt sich los. »Da ist Carla!«

Sie geht auf eine Frau auf der Tanzfläche zu, die in ein schwarzes Kleid gezwängt ist. Ihr Busen quillt aus dem Ausschnitt. Bis zum Ende ihrer Schenkel klafft das Kleid auf, ich kann ihre Strapse sehen. Ganz schön lasziv, die Dame, deren Schulter jetzt Undine berührt. Carla dreht sich um zu ihr, umarmt sie und küsst sie mitten auf den Mund. Plötzlich ekelt mir.

»Carla, das ist Dennis Myers, mein Verlobter.«

Ich lächle beflissen und versinke im Boden. Was denkt sie sich nur? Am liebsten würde ich abhauen.

Carla klatscht sich mit der Hand aufs Dekolleté. »Cara mia!« Dann mustert sie mich von unten nach oben. »Ich glaube dir kein Wort. Amüsiert euch trotzdem.« Mit geraffter Schleppe stöckelt sie davon.

»Cara mia«, äfft Undine sie nach. »Komm, du hast Hunger!« Sie nimmt mich an der Hand. Wir betreten den Nebenraum. Ich staune. Carla hat eindeutig ein Faible für Dekoration. Es sieht hier wie in einem Rittersaal aus. Raue Bänke um plumpe Holztische, an den Wänden lodern Fackeln. Gekreuzte Schwerter und Lanzen, sogar der ausgestopfte Kopf einer Kuh. Das Ambiente amüsiert mich.

»Worüber lachst du?«

Wir sind zur Tafel am Ende des Raums vorgedrungen. Sie ist bestimmt vier Meter lang und beladen mit Hummerschwänzen, goldbraunen Brathähnchen, Wild in verschiedenen Variationen. Für die Farbe sorgen Ananas, Kiwis, Mangos und Beeren in allen möglichen Sorten, die zwischen den Fleischplatten platziert sind.

Undine sieht mich abwartend an.

»Sag!«

»Carla scheint eine etwas skurrile Persönlichkeit zu sein«, antworte ich immer noch grinsend, schnappe mir einen Teller und suche etwas zu essen aus.

»Eine starke Persönlichkeit ist sie«, sagt Undine und nimmt ein paar Scampi mit Salat. Wir finden eine freie Bank und setzen uns.

»Seit wann sind wir verlobt?«

Undine spielt mit der Gabel in den Meeresfrüchten herum.

»Ich wollte Carla eins auswischen, außerdem werden wir das bestimmt bald sein.« Seufzend greift sie nach meiner Hand. Ich ziehe sie weg und nehme das Messer, schneide ein Stück von dem dunklen Fleisch ab. Es schmeckt weich und saftig, ich schlucke. Dann wage ich es.

»Du bist mir immer noch eine Antwort schuldig. Wer hat dich verfolgt, als du mir vorgestern nachgelaufen bist?«

Undine schiebt sich ein Stück Scampi in den Mund. Sie kaut lange darauf herum. Warum muss sie nachdenken?

»Ach«, sie sieht mich mit großen Augen an, »es war überhaupt nichts. Nur ein Trick, um dich besser kennenzulernen.«

Mir wird glühend heiß. Das Besteck klirrt, als ich es fallen lasse.

»Eine Art psychologisches Experiment? Oder Test an einer Laborratte?« Ich zerbreche mir seit Tagen den Kopf über die Notlage Undines und dann so etwas.

»Du liebst mich nicht.« Sie sagt es tonlos.

»Was?«

»Egal.« Ruckartig springt sie auf und bewegt sich fort wie eine Marionette.

Ich gehe in den Park, brauche frische Luft. Bin ich ihr Hampelmann? Nymphen und Faune säumen die Kieswege, zwischen den Beeten sprudeln kleine Springbrunnen in Gefäßen aus Stein. Irgendwoher schrilles Lachen, die Musik wummert pausenlos, ich habe keine Lust, mir so eine Frau anzutun und verschwinde.

6. Suche dich

»Undine! Was ist mit dir?« Carla reißt die Augen auf. Ich renne sie beinahe um, als ich die Treppe abwärts stürme nach draußen. Im ganzen Haus konnte ich Dennis nicht finden. Ich verstehe es nicht, alles dreht sich, ich setze mich auf den Sockel einer Statue. Es ist eine Nymphe, ich starre in ihr Antlitz. Unbewegt ist ihre Miene. Wie das Herz von Dennis. Er kann mich doch nicht einfach so allein lassen, nur weil ich ehrlich war. Wie hätte ich ohne den Trick, dass mir ein Verfolger auf den Fersen sei, erklärt, was ich vor seinem Haus mache? Nach einer knappen Stunde des Kennens. Aber als ich ihm beim Joggen begegnete, spürte ich sofort, dass er meine Zukunft ist. Und nun ist er bestimmt schrecklich sauer. Wer weiß, ob er jemals wieder mit mir spricht? Ich hätte ihn vorhin nicht so demütigen dürfen. Ein Trick! Wie konnte ich nur?

Das Gesicht der Nymphe verschwimmt vor meinen Augen. Mein Kopf! Wieder diese Blitzbilder, ich reiße an einer Haarsträhne, damit es aufhört. Dennoch drängen sich die Bilder hoch, die mir solche Angst machen und schon blickt das kleine Mädchen durch das Fenster eines bunt bemalten Wohnwagens. Im Bett sitzt eine nackte Frau auf einem Mann. Sie flüstert: »Casanova, mein Liebster.«

Das Kind tritt gegen den Wagen, schreit: »Rosa!«, und rennt davon.

Ich finde mich inmitten der Gäste vor dem Haus wieder, steige die Treppe zum Eingang hinauf. Plötzlich steht Carla vor mir.

»Aber Undinchen.«

Meine Knie zittern wie Pudding, ich lasse mich auf eine Stufe sinken. Sie tätschelt meinen Kopf, als wäre ich ein Hündchen. »Na, wieder mal einen Lover in den Sand gesetzt?« Ich spüre, dass Carla abwartet, ehe sie die nächste Gemeinheit von sich gibt. »Ob du es je lernen wirst, Kleine?« Ihre Stimme klingt süß und teilnahmsvoll – die Worte schneiden wie Rasierklingen. Neben Carla fühle ich mich immer noch plump und dumm. Das bin ich nicht! Ich springe auf. Der Absatz knickt weg, ich ziehe die Pumps aus, schleudere sie von mir. Sie landen auf dem Kies.

»Hast du einen psychotischen Schub?«

»Lass mich!«, brülle ich und renne wieder in den Park.

Vielleicht hat er sich versteckt? »Dennis!« Hinter jeden Busch schaue ich, kreuz und quer gehe ich alle Wege ab, rufe seinen Namen. Ein messerscharfer Schmerz durchfährt meinen linken Fuß. Ich hocke mich unter die nächste Laterne auf den Weg. Ein Glassplitter ragt aus der Ferse. Ich ziehe ihn heraus und humple zum Wagen. Dort finde ich ein Papiertaschentuch im Handschuhfach und presse es auf den Schnitt. Es saugt sich voll mit Blut. Ein dicker Tropfen, der zu Spinnenbeinen verläuft. Es blutet weiter. Ich taste nach dem Verbandskasten unter dem Sitz, klebe ein Pflaster drauf und fahre los.

Oh, Dennis … ich hab dich so lieb … ich hab es nicht in den Sand gesetzt, Carla ist unmöglich!

Ich halte vor seinem Haus, doch das Fenster ist dunkel und ich fange an zu heulen.

Aber Morgen. Morgen werde ich alles in Ordnung bringen. Ich muss schlafen. Der Motor meines Autos ist das einzige Geräusch in der kleinen Gasse. Ich trockne die Augen mit dem Spinnentaschentuch und fahre los.

Kaum habe ich aufgeschlossen, steht Papa vor mir. Er hat Ohren wie ein Luchs. »Spät geworden, Prinzessin«, sagt er und blickt demonstrativ auf seine Armbanduhr.

Er umschlingt mich wie ein Riesenkrake.

»Papa, du erdrückst mich!«

Seine Arme lösen sich von meinem Körper und er schaut mich traurig an.

»Muss ich mir Sorgen machen?«

Meine Wangen werden heiß, rasch wende ich mich ab. »Schlaf gut, Papa.« Ich flüchte in mein Zimmer. Diese Familie kann ich Dennis unmöglich zumuten, falls doch etwas wird aus uns, falls er mir verzeiht.

Kaum liege ich im Bett, beginnt es in meinem Kopf wieder zu zucken … das kleine Mädchen rennt durch den Regen. »Rosa«, sagt es und weint. Wer ist Rosa? Ich schlage mit der Faust gegen meinen Kopf, ab und zu hilft es, dann verschwinden die Bilder.

7. Nixenzauber

Ich sehe Undine am Portal der Chiesa stehen, als ich den Hügel überwunden habe. Vornübergebeugt, die Hände auf die Knie gestützt, nach Luft ringend.

»Hi, Dennis.«

Nach der Aussage auf der Party traut sie sich das? Erst verlobt, dann über den Tisch gezogen: War nur ein Trick, um dich kennenzulernen, die Verfolgung.

»Hi.« Ich lächle dich sicher nicht an. Mit unbewegter Miene stelze ich an ihr vorbei bis zum Wiesenrand, aber das Blut summt in meinen Adern; ich begehre sie, verdammt, ich begehre sie. Sie richtet sich auf, dreht eine Haarsträhne um ihren Finger und kommt langsam auf mich zu. Während ich sie finster anstarre, wickelt sie die Locke ab und legt die Arme um meinen Nacken.

Sie flüstert meinem Herzen zu: »Ich liebe dich.«

Ihr Haar duftet nach Rosen. Undine hebt den Kopf, ihr Lächeln wirft mich um. Schon verflogen, meine Zweifel. Ich packe sie und trage sie über die Wiese. Wir küssen uns, dann zwickt sie mich in die Seite, versucht zu entkommen. Ich erwische sie am Bein, sie fällt neben mich und ich ziehe ihr den

Schuh aus, kitzle die Fußsohle. Undine quietscht vor Lachen.

»Was ist das für ein Pflaster an deiner Ferse?«

»Ich habe in Carlas Park getanzt, nachdem du verschwunden bist.«

»Mit wem«, schießt mir ungewollt heraus.

»Nymphen und Faune.« Undine zieht meinen Kopf zu sich und wieder finden sich unsere Lippen.

»Du stinkst, Dennis!« Sie streckt mir die Zunge heraus.

Ich springe auf, reiche ihr die Hand.

»Dann gehen wir duschen.«

Als ich aus dem Bad komme, hockt Undine im Schneidersitz auf der Matratze.

»Vielleicht liebst du mich, ohne es zu wissen?«

Ich zögere, ihr Gesicht verschattet sich.

»Kann sein«, sage ich schnell.

Ihr Blick flattert durch den Raum, entdeckt meine Gitarre. »Du spielst?«

Ich schlage *Sledgehammer* an. Undine klatscht, singt mit mir. Danach *Solsbury Hill.* Beim Refrain *My heart's going boom boom boom,* stehen Tränen in ihren Augen. Ich verstumme, lasse sie allein weiter singen. Mir wird warm und ein Glücksgefühl breitet sich aus. Welche Kraft, was für ein Ausdruck in ihrer Stimme! Nach dem Song legt sich Undine seufzend zurück.

»Du bist unglaublich! Ein Naturtalent.« Ich stelle die Gitarre weg, beuge mich über sie. Sie schaut unverwandt in meine Augen und ich erinnere mich an ihre Aufforderung. Jetzt will ich mit ihr schlafen. Ich gehe zum Fenster und schließe die Läden. Die Scharniere quietschen. Als ich mich umdrehe, steht Undine vor mir. Sogar jetzt, im dämmrigen Licht funkeln ihre türkisfarbenen Augen.

»Fahren wir zum Schwimmen?«

Verärgert latsche ich an ihr vorbei und suche meine Badesachen zusammen.

Undines Auto steht vor ihrem Elternhaus. Sie drängt mich in eine Seitengasse.

»Ich hole dich hier ab, rühr dich nicht von der Stelle!«

Ich sehe Angst und Nervosität.

»Was ist denn los?«

Sie winkt ab und läuft los. So viel Geheimnistuerei, ich bin doch kein Krimineller. Sie betritt das Haus. Nach einer Weile kommt sie mit einer Badetasche wieder, steigt in den Fiat und fährt los. Ein paar Minuten später ruft sie mich vom anderen Ende der Gasse.

»Was soll die Geheimnistuerei?« Ich steige ins Auto, schmeiße frustriert die Tür zu.

»Verdirb uns nicht den Tag, Dennis.«

Du wirst meine Fragen schon noch beantworten, das schwöre ich dir!

Gianna Nannini singt irgendwas im Radio, Undine summt mit.

»Okay, lass uns Spaß haben«, lenke ich ein, »ich mag Muggia, bin einige Male mit dem Bus hier gewesen. Die Rosterias am Hafen bieten fangfrische Meeresfrüchte an, echt lecker.«

Sie nickt und zwickt mich in den Schenkel. Ich glühe vor Lust auf sie.

Das Bad liegt an der Küstenstraße. Stufen führen zum Wasser. Undine legt Jeans und Shirt ab, ich wundere mich über den schwarzen Einteiler, den sie darunter anhat.

»Wieso trägst du keinen Bikini?«

»Ach, die Bändchen verrutschen dauernd.«

Sie klettert die in den Karstfelsen geschlagenen Stufen zum Wasser hinunter. Während ich unter dem um die Hüften geknoteten Badetuch die Hosen wechsle, schwimmt sie bereits. Ich springe hinterher – es ist kalt – kraule so schnell es mir möglich ist, unmöglich sie einzuholen. Wie ein Delphin zieht Undine durchs Wasser, fast geräuschlos. Ich hingegen platsche wie ein Nilpferd. Ich gebe auf und paddle in Rückenlage zurück. Lege mich in den warmen Sand. Ab und zu glaube ich, weit draußen zwischen den Wellen, Undines Kopf zu erkennen. Sie wird sich erkälten, es ist nur in der Sonne am Strand heiß. Hinten bei der Uferstraße ist ein Getränkestand, ich hole Orangiata.

Nach einer Ewigkeit klettert Undine aus dem Wasser. Sie zittert, die Zähne schlagen aufeinander.

»Du warst zu lange drin.«

»Bist du mein Vormund, oder was? Mir geht es bestens.« Sie trocknet sich ab, ihre Lippen presst sie zusammen.

»Ach komm, ich mach mir halt Sorgen.« Ich will keinen Krach. Dann rennt sie vielleicht weg und ich kann nachher mit dem Bus zurückfahren. Wenn sie nur nicht wieder ausflippt, dann möchte ich keinesfalls in ihrer Nähe sein.

Nun liegt sie auf meinem Strandtuch. In Wahrheit möchte ich immer in ihrer Nähe sein. Undine nimmt ein Steinchen auf, kickt es mit Daumen und Zeigefinger in meine Richtung.

»Ich habe Hunger. Gehen wir in die Rosteria, von der du im Auto erzählt hast.«

Ich jubiliere. »Gern!«

Wir ziehen uns an.

In der kleinen Gaststätte finden wir einen freien Tisch unter wildem Wein. Die Sonne schimmert durch die Blätter, malt Schattenspiele aufs weiße Tischtuch und Undines nackte Arme. Sie bestellt Miesmuscheln.

»Du bist ein wunderbarer Mann. Ich möchte dir niemals wehtun. Ich weiß, manchmal wirkt es so.«

»Was sagst du denn da.« Ich wehre ab und werde rot.

»Und deswegen erzähle ich dir mein Geheimnis.« Sie beugt sich über den Tisch.

»Ich bin eine Nixe.«

Ich trinke einen Schluck Wein. »Was?«

»Du glaubst mir nicht? Das ist schade. Ich werde daraus die Konsequenzen ziehen.« Sie schnippt der Wirtin zu.

»Reg dich nicht auf, bitte. Erklär's mir, damit ich es verstehe.«

»Was gibt es da zu erklären?« Sie verdreht die Augen.

»Es ist, wie es ist. Bruno und Mara Botazzi haben mich adoptiert. Aber sie tun so, als sei ich ihr leibliches Kind. Sie lieben mich abgöttisch.«

»Aha.«

Die Wirtin fragt, ob der Fisch nicht gut sei. Ich habe fast nichts gegessen und lächle entschuldigend. Undine hat alles aufgegessen.

»Komisch. In deiner Nähe esse ich wie nie! Du siehst, ich liebe dich!« Sie strahlt.

Es dämmert, als wir bei mir ankommen. Ich steige aus.

»Ich komme noch einen Sprung mit rauf«, sagt sie und sperrt den Wagen ab.

Sie stößt die Wohnungstür mit dem Fuß zu und packt mein Shirt, zieht mich aufs Bett. Als sie mich in die Lippen beißt, bin ich sofort erregt, strample die Jeans von den Beinen.

Undine hält ihr Oberteil fest, als ich es hochstreifen möchte. »Nicht«, flüstert sie in meinen Mund. Trotzdem zerre ich daran, sie dreht sich weg. »Nein! Nicht, ich kann das nicht haben.«

Ich küsse sie behutsam in den Nacken, fühle, dass sich ihr Körper allmählich entspannt. Obwohl ich sie wie wahnsinnig begehre, fällt die Erektion in sich zusammen.

Undine legt die Hand auf meinen Mund.

»Sch ... alles braucht seine Zeit.« Sie kleidet sich an. »Sehen wir uns morgen?« Ich bekomme einen Kuss auf die Nasenspitze.

»Morgen arbeite ich.«

»Ach! Du arbeitest? Das wusste ich nicht.«

»Ich katalogisiere Bücher in einem Antiquariat auf der Via San Michele.«

»Fein! Ich liebe Bücher.«

In der Tür ruft sie: »Ich besuche dich dort!«

Kaum ist sie weg, rufe ich Ahmad an: »Sag mal, gibt es eine Krankheit, die einem vortäuscht, eine Nixe zu sein?«

»Das muss ja sehr dringend sein, wenn du mich in der Klinik überfällst.«

»Es ist sehr wichtig, Ahmad.«

»Nixe?«

»Lach nicht so blöd«, sage ich.

»Verliebt, was?«

»In eine Nixe.«

»Klingt nach Persönlichkeitsstörung.«

»Kennst du jemanden mit ähnlichen Symptomen?«

»Klar. – Wie geht es dir drüben in Europa? Ich würde dich nach dem Praktikum in der Klinik gern besuchen, falls du dann noch nicht unter Wasser lebst!«

Ich lache, aber Ahmad sagt sofort: »Verzeih, Alter, natürlich ist es ein ernstes Thema. Ist nicht professionell, ich weiß.«

»Du bist ein Idiot, Ahmad!«

»Nein, nur saumüde, ein Kollege ist ausgefallen, das bedeutet vierundzwanzig Stunden Schicht. Bin etwas überdreht. Freue mich, dich zu hören, ehrlich.«

»Du bist der Einzige, mit dem ich darüber reden kann, verstehst du? Gib mir einen Rat, bitte.«

»Dennis, ich kann aus der Distanz nicht feststellen, was mit deiner Nixe los ist. Wenn sie sich aufgespaltet hat, könnte das auf einen Missbrauch zurückzuführen sein. Ich möchte dich aber warnen, mein Freund. Wenn du dich auf einen Menschen mit solchen Symptomen einlässt … das ist eine schwere Aufgabe.«

Ich lege auf und weiß, es ist zu spät, Undine ist bereits in meinem Herzen.

8. Eine Freundschaft und Rusalka

Fredo macht Espresso als ich zur Tür hereinkomme.

»Sie sehen etwas blass aus, Dennis.«

»Es ist nichts. Vielleicht die Hitze …«

»Dann packen Sie die zwei Kartons dort drüben aus.«

Nach einer Stunde bietet er mir Kaffee an. Ich klopfe meine Jeans ab, wasche mir die Hände. Fredo kurbelt das Grammophon an. »Caruso«, sagt er und lehnt sich in seinen Sessel zurück.

»Raus mit der Sprache, was bekümmert Sie?«

Vielleicht kann er mir helfen. Ich fange zu erzählen an.

»Sie lieben sie, nicht wahr?« Er sieht mich voller Mitgefühl an. »Ich habe etwas Interessantes gelesen. Es soll im Gehirn eine Karte geben, Love-Map heißt es in der Fachsprache, darin ist das Profil der einzigen Liebe vorgegeben.« Fredo trinkt einen Grappa, »eine Theorie, die mich beeindruckt. Sie würde einiges in meinem eigenen Leben erklären.« Sein Lächeln ist schmerzlich, ehe ich darauf eingehen kann, sagt er: »Vielleicht ist es ähnlich bei Ihnen? Dann können Sie aber nichts dagegen tun.«

»Sie sagt, sie liebt mich.«

Die Platte ist zu Ende. Fredo steht auf. »Ich habe die passende Musik.« Er zieht noch eine Carusoaufnahme aus dem Regal, Dvoraks *Rusalka*. »Kennen Sie Rusalka?«

»Ja. Wir haben im Musikunterricht darüber gesprochen. Die Geschichte einer Nixe.« Ich lächle ihn an. Die Arie des Prinzen erklingt. Was, wenn Undine wirklich eine Nixe ist? Wer sagt, dass es unmöglich sei? Meine Hände zittern, ich verschränke sie.

Die Schelle scheppert, Undine steht in der Tür.

»Hab ich dich gefunden, ha! Was sagst du dazu!« Sie küsst mich, bevor sie Fredo die Hand reicht.

»Undine Botazzi. Bekomme ich auch einen Espresso?«

Fredo verbeugt sich und eilt in die Kaffeeküche.

»War bei Carla zur Weinprobe«, sagt sie.

Nun verstehe ich, ihre Wangen glühen.

»Ecco!« Fredo bringt eine volle Tasse.

»Caruso! Wie schön.«

»Was können wir sonst noch für Sie tun?«, fragt Fredo im Plauderton.

»So viele alte Bücher! Und könnten Sie Caruso dann einmal singen lassen? Was hat denn Dennis hier zu tun? Seit wann haben Sie das Geschäft? Haben Sie immer schon Bücher verkauft? Sie sind sicher ein gebildeter Mensch.«

Mir sausen die Ohren. Ich verziehe mich zu meiner Kiste, Fredo beantwortet alle Fragen. Undines Stimme ist schrill, ich schiebe den Schemel auf die andere Seite, sehe sie lächeln und gestikulieren. Manchmal schaut sie zu mir herüber.

Plötzlich sagt sie: »Gibt es etwas über Nixen?«

Fredo lacht.

»Ich habe das Libretto und irgendwo da hinten …«

Undine legt die Hand auf seinen Arm.

»Lassen Sie nur. Märchen meinte ich nicht.«

Mit einem Knall schlage ich einen Stapel Bücher auf Fredos Schreibtisch.

»Diese Bände müssen Sie sich ansehen, die haben einen Wasserschaden.«

Er blickt auf seine Armbanduhr.

»Morgen.« Er wendet sich Undine zu: »Nun nehmen Sie Ihren Dennis mit.«

»Signore Fredo, es war mir ein Vergnügen!«

»Mir war es auch eine Freude, Signorina Botazzi. Einen schönen Abend wünsche ich.«

Er begleitet uns zur Tür, dreht das Schild auf *chiuso* und sperrt ab. Ich sehe, wie er sich in den Sessel sinken lässt und zu lesen beginnt.

Undine summt eine Melodie aus *Rusalka*, zielt mit dem Schlüssel aufs Autoschloss.

»Oh nein. Du hast eindeutig zu viel getrunken. Macht Carla das mit Absicht? Eine gute Freundin ist sie dir jedenfalls nicht!«

Ich entreiße ihr die Schlüssel, hebe sie hoch.

»Hey! Das kannst du nicht machen!« Sie stampft auf. »Warum ziehst du über Carla her? Du kennst sie doch gar nicht! Dabei wollte ich das Wochenende mit dir verbringen. Sie ist so lieb und deckt mich vor meinen Eltern. Sollte Papa bei ihr anrufen, gibt sie Bescheid. Ich habe ihr deine Telefonnummer gegeben.«

Sie springt an mir hoch, um den Schlüssel zu erwischen. Es gelingt ihr nicht und sie schreit: »Du mischst dich in mein Leben ein!«

Ich schweige.

Mit verschränkten Armen funkelt sie mich an.

»Na schön. Fahr du.«

Ich halte ihr die Tür auf. »Wohin?«

»Zu dir.«

Ich parke ein, stelle den Motor ab und bleibe sitzen.

»Warum der ganze Zirkus, Undine?«

»Papa betrachtet meine Freunde mit der Lupe.«

»Kann er.«

»Was ist, übernachten wir im Wagen?« Undine stößt mir den Ellbogen in die Rippen. »Los, aussteigen! Ich will jetzt nicht darüber diskutieren!«

»Aber ich! Wenn wir nicht reden können, dann fahr doch zu deiner Carla, vielleicht schenkt sie dir noch ein paar Gläser ein!« Ich starte. »Ich bring dich zu ihr.«

Sie legt die Hände auf die Ohren und fängt zu singen an. Ich ziehe den Schlüssel, steige aus und schlage die Tür zu. Carla werde ich mir vornehmen. Undine läuft mir singend nach. Auf dem Weg nach oben schwankt sie, ich lege den Arm um sie.

Ich richte ein Brot mit Salami, bringe einen Krug Wasser, drücke Undine das Glas in die Hand.

»Trink!«

Nach ein paar Schlucken setzt sie es ab.

»Mehr! Du musst viel mehr Wasser trinken.«

»Behandle mich nicht wie ein Baby!« Undine trinkt aus, beginnt gierig zu essen. Es gefällt mir, wenn sie ordentlich isst. Plötzlich springt sie auf und rennt ins Bad.

Ich höre sie würgen.

»Undine?« Als sie nicht antwortet, klopfe ich an die Tür.

»Hau ab!«, schreit sie, übergibt sich wieder. Ich warte. Nach einer Weile wankt sie heraus, schubst mich zur Seite und kriecht mit finsterer Miene ins Bett, zieht die Decke über den Kopf und jammert dumpf darunter hervor. Während ich ihren Rücken durch die Decke streichle, denke ich darüber nach, warum sie plötzlich so durcheinander ist. Abgesehen davon, dass Carla sie zum Trinken verführt hat.

Bald schläft sie ein. Eine Nixe. So zerbrechlich.

9. Durchgeknallt

Der Druck wird stärker, je länger ich die Erlösung herauszögere. Noch habe ich die Kontrolle, ich balle die Fäuste, meine Nägel schneiden ins Fleisch. Es ist mitten in der Nacht. Dennis schläft. Die Handballen schmerzen, zu wenig. Ich betaste meine Brüste. Ich will es nicht in seiner Wohnung tun, aber es ist unausweichlich. Bilder bedrängen mich. Dennis zwischen meinen Beinen. Ich schäme mich.

Es ist so weit, ich kann mich nicht mehr beherrschen, gleite aus dem Bett, weg von ihm und schließe leise die Badezimmertür hinter mir.

Die Erleichterung. Ich atme durch, lehne mich zurück, drehe das Wasser stärker auf, alles wird aus mir herausgespült.

*

Undine liegt nicht neben mir, der Morgen graut, im Bad plätschert das Wasser. Ich gehe nachsehen, öffne die Tür einen Spalt. Vor Schreck beiße ich mir auf die Lippen. Mein Herz rast, was zum Teufel tut sie da?

Undine kauert unter dem Wasserstrahl, in der Hand eine Rasierklinge. Blut sickert aus der Wunde, sie setzt erneut an. Mit angehaltenem Atem ziehe ich die Tür zu. Meine Knie zittern, ich muss mich anlehnen. Nach ein paar Minuten klopfe ich an, öffne.

»Hi ...«, sagt sie lächelnd, die Arme über der Brust gekreuzt. »Mir war heiß. Bitte, gehst du raus? Ich möchte mich abtrocknen.«

Ich wanke ins Wohnzimmer.

Ins Badetuch gehüllt kommt sie nach, rubbelt sich das Haar als sei nichts gewesen. Ich suche nach Blutspuren. Nichts.

»Leihst du mir ein Shirt?«

Ich gebe ihr eines.

Sie dreht sich weg, zieht es über.

»Machst du das öfters?«

»So früh duschen? Ab und zu.« Undine nimmt meine Hand, schubst mich ins Bett, legt den Kopf auf meine Brust und schläft ein. Nach einer Weile bette ich ihren Kopf aufs Kissen. Ich stehe auf, schnappe meine Klamotten und schleiche hinaus. Ich renne die Straße entlang, mich fröstelt. Dazu fällt mir nur wieder Ahmad ein, er muss mir helfen!

Undine schläft noch. Ich setze Kaffee auf.

Ich mache Frühstück, trage das Tablett hinein. Undine reibt sich die Augen.

»Gehen wir wieder schwimmen?«

Der Badestrand ist überfüllt.

Undine will bleiben.

»Ich wurde genau hier gefunden«, sagt sie und legt ihr Strandtuch zwischen zwei Familien mit brüllenden Kleinkindern. Hinter mir plärrt ein Gettoblaster Techno.

»Komm, suchen wir uns einen Platz weiter hinten.«

Sie rafft ihre Sachen zusammen und folgt mir.

»Das ist die Seniorenecke.« Sie lacht.

»Und ruhig, oder?« Der Strandboy bemerkt mein Winken, läuft mit den Liegestühlen herbei. Ich bezahle die Gebühr.

»Wie ... gefunden?«

»Du weißt schon. Ich bin aus dem Meer gekommen.«

»Ach ja, genau.« Ich tue, als wäre es mir wieder eingefallen.

»Ich geh ins Wasser.« Undine läuft über den Strand.

Ich setze mich auf den Stuhl, schließe die Augen.

»Ja, so was! Undine Botazzi! Lange nicht gesehen. Wie geht es deinen Eltern?«

»Hauen Sie ab!«

Ich fahre hoch. Ein paar Meter entfernt steht Undine einem Mann gegenüber, die Hände in die Hüften gestemmt, ihre Brust hebt und senkt sich rasch.

»Was habe ich dir denn getan?« Der Fremde weicht zurück. Undine geht schreiend einen Schritt auf ihn zu.

»Sie denken, ich würde es nicht wissen? Sie haben mit Mutter rumgemacht, Sie Schwein! Ich weiß es! Meiner Familie so etwas anzutun!«

Die Strandgäste schauen gespannt zu, einige stehen auf.

»Bitte … das … das ist ein Irrtum, wir sind gute, alte Freunde …« Er macht einen Ausfallschritt, Undine packt ihn am Hemdärmel.

»Hey, was ist denn!«, rufe ich und renne hin.

»Sie lügen, Bellatesti! Dummkopf!« Undine ist rot vor Wut, ihr Körper zittert.

»Bitte. Komm jetzt.« Ich nehme sie an der Hand, ziehe sie mit mir.

Der Mann eilt davon.

Schwer atmend lässt sie sich auf den Liegestuhl fallen. Ich hocke mich neben sie, streichle ihren Arm.

»Ach, du tust mir so wohl …«, sie seufzt, »halt mich fest, Dennis … immer.«

Als wir zusammenpacken, sehe ich Bellatesti mit ratlosem Gesichtsausdruck in einiger Entfernung stehen. Ich zucke mit den Schultern, er senkt den Blick, als sich unsere Augen begegnen.

Ich muss Undines Eltern endlich kennenlernen, was ist nur los in der Familie?

Undine will uns Abendessen kochen, plappert auf der Rückfahrt über ihre ganz spezielle Sauce. Ich lasse mich auf den Plauderton ein und erzähle von meinem ersten und zugleich letzten Versuch, einen Kuchen zu backen.

»Ich hab mein Werk in den Ofen geschoben … und dann stehe ich da mit einer blubbernden, überquellenden Kuchenteigmasse, die über die Form fließt, durch das Backrohr kriecht. Ein Monster, das zum Glück die Barriere der Ofentür nicht überwinden konnte.«

Undine windet sich vor Lachen.

»Nur, weil du gedacht hast, ein kleines Päckchen Backpulver würde nicht ausreichen.«

»Ich habe einen neuen Herd gekauft«, sage ich, was eine neue Lachsalve auslöst.

»Nein, war ein Scherz, Undine.«

»Was hat deine Mutter dazu gemeint?«

»Ich habe zu der Zeit mit meiner Band in einer WG gelebt.«

In Triest ziehe ich mit Undine durch den Supermercato und besorge die Zutaten.

Sie summt. Als die Pasta kocht, läuft sie zwischen der Küche und dem Zimmer hin und her, gibt mir zärtliche Küsse, deckt den Tisch und serviert stolz das Ergebnis. Es schmeckt vorzüglich.

Die Küche ist ein Chaos, ich reibe den Herd von Tomatenspritzern sauber, frage: »Du kochst nicht oft, was?«

Sie kichert.

»Nein. Aber wenn wir einmal verheiratet sind, dann mache ich das jeden Tag.«

»Lieber nicht!« Ich grinse ihr zu, sie boxt mich.

»Was war das heute am Strand?«

Sie wird still, geht ins Zimmer und greift ein Buch aus dem Regal.

»Undine?«

»Bellatesti. Unser Hausarzt.« Sie blättert darin, dann schaut sie mich doch an. »Ich habe plötzlich eine Wut bekommen, er steckt oft mit meiner Mutter zusammen. Ich bin sicher, da läuft was. Mein armer Papa.« Sie fängt an zu weinen.

Ich setze mich zu ihr aufs Bett.

»Aber es ist Sache deiner Eltern, das geht dich nichts an …«

»Was weißt denn du schon!«, faucht sie mich an, »Papa würde sich nicht so an mich klammern, wenn er mit Mutter glücklich wäre. Sie müsste seine Königin sein. Er sagt immer Prinzessin zu mir, weil er …«

»Weil er was?«

Ihre Stirn runzelt sich, sie lässt das Buch fallen, greift an ihre Schläfen. »Nichts.« Sie zieht die Jeans aus, legt sich hin.

Mit träger Stimme sagt sie: »Ich muss schlafen, lass mich endlich schlafen.«

Ich habe das Gefühl, gleich durchzudrehen.

»Ich geh kurz raus, Verdauungsspaziergang!«

»Ich liebe dich, Dennis«, murmelt sie. Im nächsten Moment ist sie eingeschlafen.

Unten in der Trattoria bestelle ich Grappa.

»Alles in Ordnung?«, fragt der Kellner.

»Nein!«

»Si, Signore.«

»Haben Sie ein Telefonbuch?«

Er holt es unter der Theke hervor. Bellatesti kommt dreimal vor. Ich lasse mir Münzen geben, gehe in die Zelle neben der Küche. Eine Frau meldet sich.

»Guten Abend, Signora, verzeihen Sie, ich suche einen Herrn Bellatesti …«

»Kenne ich nicht«, unterbricht sie mich mürrisch und legt auf.

Die zweite Nummer. Nach einmal Läuten eine Männerstimme. Wieder frage ich und erwähne den Namen Botazzi.

»Sind Sie der junge Mann vom Strand bei Muggia?«

Ich bin erleichtert.

»Dennis Myers, sehr erfreut. Könnten wir uns treffen?«

»Kommen Sie morgen bei mir vorbei, gegen siebzehn Uhr. Via Marone 32.«

»Danke, Signore Bellatesti!«

Nach dem Telefonat bin ich zu aufgeregt, um zu schlafen, ich laufe Richtung Hafen, betrete eine Bar.

»Grappa!«, schreie ich der Frau hinter dem Tresen durch den Lärm zu, sehe mich um.

Ein Mann neben mir schubst mich, greift nach meiner Hand. »Mario heiße ich.«

Ich gebe einen Wein aus, dann ist er an der Reihe, dann wieder ich. Wir singen die Schlager aus der Musikbox mit, irgendwann tanzen wir zusammen.

10. Licht ins Dunkel

Ich öffne die Augen. Das Licht ist unerträglich und mein Schädel schmerzt. Mir ist übel, ich schwitze, strample die Decke weg. Ich bleibe still liegen und warte. Neben mir Undines gleichmäßige Atemzüge. Ich drehe mich langsam zu ihr um, Schwindel überkommt mich.

Sechs Uhr früh, die Vögel singen schrecklich laut. Jetzt erinnere ich mich an Mario und welchen Spaß wir hatten. Bellatesti! Um wie viel Uhr haben wir ausgemacht? Augenblicklich kommt es mir hoch, ich renne zum Klo.

Als ich mich aufrichte, sacke ich zusammen und übergebe mich erneut. Gegen die Wanne gelehnt, versuche ich den Abend zu rekonstruieren. Es fällt mir nichts mehr ein. Nach einer Weile schleppe ich mich unter die Dusche, drehe das kalte Wasser auf. Ein paar Sekunden später wird der Kopf klarer, ich schlottere und kuschle mich in das Badehandtuch. Rubble mich trocken mit dem rauen, frischgewaschenen Frottee.

Am Küchenfenster atme ich die Luft des Sommers ein, koche Kaffee.

»Guten Morgen.« Ich halte Undine den Kaffee unter die Nase.

Sie schnurrt und räkelt sich. »Wer ist Mario?«

Mir fällt beinahe die Tasse aus der Hand. Sie lacht mich aus. Wahrscheinlich mache ich auch noch ein dummes Gesicht.

»Er hat dich ins Bett gebracht.« Sie streicht mir über den Kopf. »Mein Lieber, warst du voll! Er hat unterwegs zweimal angehalten, weil du gekotzt hast.«

Ich lege mich zu ihr.

Sie schmiegt sich an mich, flüstert: »Schlaf mit mir.«

Ich bekomme Lust auf sie. Es wundert mich bei den Gedanken. Finde ich vielleicht irgendwo tief im Inneren das Auf und Ab anziehend?

»Komm zu mir …«, flüstert sie, setzt sich auf mich. Dann fängt sie an zu singen. In einer fremden Sprache. Die Melodie erregt mich.

Sie bewegt sich schneller, das Lied endet mit ihrem Orgasmus. Auch ich komme schreiend. Das erste Mal in meinem Leben verliere ich mich. Undine legt ihren Oberkörper auf meine Brust. Ich taste auf dem Nachttisch nach den Zigaretten.

»Was für ein Lied hast du gesungen?«

Undine steht auf, geht zum Fenster, sieht mich mit großen Augen an.

»Wie bitte?«

Mit einem Satz bin ich bei ihr, packe sie an den Schultern.

»Treibe keine Spielchen mit mir!«

»Au!«, schreit sie. »Du bist ja verrückt!« Sie reißt sich los, zeigt mir die Zunge. »Spinner!« Dann verschwindet sie im Bad.

Zehn Minuten später ist sie angezogen.

»Du denkst auch, ich habe einen Knall. Ciao.«

Ich halte sie nicht zurück, lege mich wieder hin.

Später rufe ich in meiner Verzweiflung Ahmad an.

»Wie ist das möglich, dass sie ein Lied singt und kurz darauf nichts mehr davon weiß?« Der Hörer rutscht mir aus der Hand.

»Hm. Gedächtnisverlust? Ist etwas passiert, hatte sie einen Schock?«

»Wir haben miteinander geschlafen, sie sang es währenddessen! Was zum Teufel ist das?«

»Mann, ich kann keine Ferndiagnose machen! Ich müsste sie sehen, Dennis.« Er klingt hektisch.

»Ja, alles klar. Ich liebe Undine! Es macht mich einfach fertig.«

»Hey«, lenkt Ahmad ein. »Klingt nach Aufspaltung. Vielleicht solltest du sie überreden, zu einem Psychiater zu gehen? – Tut mir leid, Ich habe Nachtdienst, es klingelt.«

»Entschuldige. Ja, bye und danke.« Ich lege auf, nie im Leben geht Undine zum Psychiater!

Bellatesti empfängt mich höflich. Immer wieder setzt er die Brille ab und putzt sie.

»Trotz allem empfinde ich Mitleid für Undine«, sagt er mit ernster Miene. »Mara, ihre Mutter, und ich sind in dieselbe Schule gegangen, wir waren als Kinder befreundet. Als sie nach dem Abitur Ballett studierte, verloren wir uns aus den Augen. Dann bekam ich eine Einladung zu ihrer Hochzeit mit Bruno Botazzi. Seither bin ich der Arzt der Familie.«

Seine Hausangestellte serviert den Kuchen, schenkt Kaffee ein.

»War Undine immer schon so ... sonderbar?« Verrückt möchte ich nicht sagen.

»Nun, sie ist ein kluges, liebreizendes Geschöpf. Dann passierte etwas Eigenartiges. Ungefähr acht wird sie gewesen sein – plötzlich war sie spurlos verschwunden. Mara ist halb wahnsinnig geworden vor Sorge. Suchtrupps haben Triest und die Umgebung abgesucht. Bruno hatte zusätzlich eine Art Bürgerwehr zusammengestellt, die Tag und Nacht jeden Schlupfwinkel durchstöberte.« Bellatesti verstummt, poliert die Brille.

»Und dann?«

»Auf einmal war sie wieder da. Sie trug eine Puppe aus Plüsch bei sich – eine Nixe. Bis heute weiß keiner, was passiert ist. Ich überwies sie zu einem Kinderpsychologen in der Hoffnung, er würde etwas herausfinden, doch sie sagte kein Wort. Mara wollte sie gynäkologisch untersuchen lassen, aber Bruno war dagegen. Er sagte, er wolle sie nicht noch mehr verunsichern. Auch ich fand, eine derartige Untersuchung bei einem kleinen Kind würde vielleicht mehr schaden als nützen. Zumal sich keinerlei traumatische Anzeichen zeigten.«

Wir schweigen.

»Sie hat sich trotzdem verändert, mir ist es nicht verborgen geblieben. Unberechenbar«, sagt Bellatesti nach einer Zeit.

11. Familie Botazzi

Zwischen Menschen, die von der Arbeit in Cafés eilen, um noch etwas zu trinken, fühle ich mich fremd. Wenn ich schon mir nicht helfen kann, dann wenigstens Undine. Ich muss hinter ihr Geheimnis kommen, endlich wissen, was sie quält. Auf einmal stehe ich vor ihrem Elternhaus. Ein Stadtpalais mit schmiedeeisernen Gittern vor den Fenstern im ersten Stock. Den Namensschildern nach wohnen sie im Dritten. Ich stelle mich auf die Fahrbahn, um nach oben blicken zu können. Licht schimmert durch Vorhänge. Soll ich läuten? Es drängt mich, ich lege den Finger auf die Klingel, ziehe ihn wieder zurück. Gehe ein paar Schritte, kehre um, drücke sie rasch.

»Ja?«, sagt eine männliche Stimme.

»Myers! Ich möchte zu Undine!«

Der Öffner summt. Oben ist die Wohnungstür angelehnt. Eine meterlange Diele. »Hallo?«

»Hier!«, antwortet dieselbe Stimme.

Ich gehe durch das schwach beleuchtete Vorzimmer. Höre das Klirren von Besteck. Klopfe an eine Tür.

»Treten Sie ein!«

An einem ovalen Tisch sitzen Undine und ihre Eltern. Sie nicken mir zu, während Undine aufspringt, hochrot im Gesicht. Der Vater droht mit der Gabel.

»Setz dich wieder hin, Prinzessin und iss!«, zu mir: »Nehmen Sie doch Platz.«

Undine und ich setzen uns im selben Moment.

Bruno Botazzi wendet sich an seine Frau, die mich anstarrt. Er legt die Hand auf den Tisch.

»Mara, würdest du für unseren Überraschungsgast ein Gedeck auflegen?«

Mara zuckt kaum merkbar zusammen.

»Aber natürlich!« Sie erhebt sich und holt aus der Anrichte hinter dem Tisch Teller, Glas, eine Stoffserviette. Deckt vor meinem Platz auf und setzt sich wieder.

Undine sieht mich von der Seite an. Zögernd schiebt sie die Suppenterrine in meine Richtung.

»Guten Appetit! Gesprochen wird nach dem Essen«, sagt Botazzi und löffelt die Minestrone.

Als nächsten Gang tischt Undine Risotto auf und klatscht mir ein Kotelett auf den Teller. Hat sie mich angefunkelt? Ich schmecke nichts, beobachte die Eltern.

Mara ist klein, zierlich mit dunkelbraunen, kurzen Haaren, stark geschminkt. Trotz des dick aufgetragenen Make-ups wirkt sie neben ihrem Mann unscheinbar. Sein Haar reicht über den Hemdkragen, es ist fast schwarz. Unwillkürlich sehe ich weg, als seine blauen Augen mir begegnen.

»Dessert«, sagt er und schiebt seinen Teller weg.

Mara verlässt das Zimmer. Kommt mit einem Tablett Zabaione in Kelchen zurück. Bruno schaufelt die Creme in den lächelnden Mund, betupft ihn danach mit der Leinenserviette, sagt: »Delikat. So, jetzt unterhalten wir uns.«

Er deutet mir mit einer Kopfbewegung, ihm zu folgen.

»Amerikaner«, sagt Bruno und dreht eine Zigarre zwischen Daumen und Zeigefinger, hält sie an die Nase, dann an sein Ohr.

»Aus Chicago. Dass Undine Ihnen von mir erzählt hat, freut mich sehr. Meine Mutter stammt aus Triest. Verzeihen Sie, dass ich in Ihr Abendessen herein geplatzt bin …«

»Was wollen Sie denn von meiner Tochter?« Bruno zündet die Zigarre mit einem Feuerzeug an, das einem Bunsenbrenner gleicht, eine blaue Flamme ausstößt. Glühend führt er sie zum Mund und zieht.

»Sie ist eine ganz besondere junge Frau.« Meine Hände schwitzen.

»Ja, das ist meine Prinzessin. Schlafen Sie mit ihr?« Er betrachtet mich von Kopf bis Fuß.

Erschrocken schweige ich.

»Nun, dann werde ich dich jetzt als Familienmitglied akzeptieren.« Sein Lächeln wirkt aufgesetzt. »Undine!«, ruft er. Sie kommt herein, als hätte sie vor der Tür gewartet.

»Setz dich zu mir.« Er zieht sie auf seinen Schoß, tätschelt ihren Rücken. »Gib Papa einen Kuss.«

Sie drückt ihre Lippen auf seine. Mir bricht der Schweiß aus. Hat Ahmad nicht kürzlich gesagt, die Aufspaltung kann eine Folge von Missbrauch sein? Undine löst sich von ihrem Vater, kommt um den Tisch auf mich zu.

»Geh«, flüstert sie.

Botazzi saugt an der Zigarre.

»Ich muss jetzt …«, sage ich, »weil ich morgen arbeite und die Hitze setzt mir zu.«

»Wie schade.« Bruno hebt die Hand zum Abschied.

Undine begleitet mich hinaus.

»Mach das nicht noch einmal.« Zitternd presst sie sich an mich. »Küss mich, mi Amore.«

Ich drücke den Mund auf ihre Stirn und flüchte.

12. Ätschbätsch!

Ohne mich anzusehen, sagt Papa: »Was willst du mit dem?«

An allen Jungen, die ich mitgebracht habe, hatte er etwas auszusetzen. Bei Dennis wollte ich mir das ersparen. Ich bin erwachsen, Papa, schreie ich innerlich. Warum hat Dennis die Begegnung nur erzwungen? Beinahe traf mich vorhin der Schlag.

»Papa, ich liebe ihn.«

Mit einer heftigen Bewegung zerdrückt er die halb gerauchte Zigarre in den Aschenbecher, sie zerkrümelt zu einem Häufchen Tabak. Er ist auch wütend.

»Lächerlich. Eine Witzfigur, mehr nicht, meine Prinzessin.« Er blickt mich abwartend an, was soll ich antworten?

»Komm, Kleines«, sagt er.

Das erleichtert mich. Bloß keine Predigt über die Gemeinheit der Männer jetzt! Wenn er Dennis besser kennenlernt, dann wird bestimmt alles gut.

Er legt den Arm um mich. Mama öffnet die Tür.

»Was?«, sagt Papa.

»Ist unser Gast gegangen?«

»Hast du Teller auf den Augen, Liebes?«

»Papa, bitte!«

»Ich muss mit meiner Tochter etwas besprechen, lass uns allein.«

Mama zuckt die Achseln und verschwindet.

Tochter. Er kann sich nicht eingestehen, dass ich doch nur adoptiert bin, es keine Blutsverwandtschaft zwischen uns gibt. Eifersüchtig wacht er über mich, seit ich denken kann. Mein erster Freund hat mich deswegen allein gelassen. Jetzt muss das ein Ende haben. Ich liebe Dennis.

»Prinzessin, hüte dich vor den Kerlen. Die wollen nur das Eine«, er streichelt meinen Schenkel, »danach werfen sie dich weg.«

Ich kann es nicht mehr hören!

»Nicht Dennis.« Meine Stimme piepst schon wieder.

Papa drückt meinen Kopf an seinen Hals, ich bekomme keine Luft, kann seinen Geruch nicht mehr ertragen.

»Meine Kleine, du bist mein Sonnenschein, mein Augenstern, ich wünschte, du würdest immer bei mir sein.« Seine Stimme brummt aus dem Brustkorb, ich habe das Gefühl zu ersticken, mir wird übel, in meinem Kopf rauscht es, und wieder einmal verliere ich mich.

Schon kommt der Albtraum und ich sehe zwei kleine Mädchen in der Badewanne, eine blond, die andere brünett … Plötzlich singt die Dunkle, die mich an Carla erinnert: »Dein Papa hat mich viiiel lieber als dich, ätschbätsch, dummes Huhn!« Dann rennt ein kleines Mädchen durch die Stadt … es gießt … sie schüttelt eine Nixe aus Plüsch, drückt sie wieder an ihre Brust und schluchzt: »Rosa, warum bist du so gemein … jetzt hab ich niemand mehr, der mich lieb hat …«

»Prinzessin, hörst du mich?« Es klingt so weit weg, ich bin wie in Watte eingeschlossen. Klatschen auf meinen Wangen, ich sehe das angstverzerrte Gesicht Papas.

»Madonna, hast du mich erschreckt«, sagt er.

Mir ist schwindlig, wie immer, wenn diese Bilder in meinem Kopf sind, ich muss mich hinlegen.

»Mara!«, schreit er.

Sie nimmt mich in die Arme, wir gehen in mein Zimmer. Ich kuschle mich ins Bett. Wenn ich die Bilder endlich einordnen könnte! Kleine Filmausschnitte, die nach Lust und Laune in meinem Kopf abgespielt werden, zusammenhanglos und erschreckend.

Lange sitzt Mama bei mir, streicht mir übers Haar und flüstert: »Schlaf, mein Kind, das ist das Beste.« Immer und immer wieder sagt sie das; wie ein Kinderlied klingt es, verschwimmt irgendwann.

13. Die Wunde

Undines Vater scheint ein Machthaber zu sein. Ich wälze mich herum, der Schlaf bleibt aus. Mein Leben lang habe ich darauf geachtet, den Mitmenschen behutsam entgegenzutreten, statt an meinen Vorteil zu denken oder mit Gewalt loszupreschen, um zu bekommen, was ich will.

Ich habe keine Beweise, nur Vermutungen. Ich stehe auf, laufe vom Zimmer in die Diele, zur Küche, wieder zurück, rauche. Meine Fantasien schlagen Kapriolen. Wer weiß, ob der Kerl nicht kleine Mädchen verführt? Der Mann sieht gut aus, strahlt Selbstsicherheit aus. Ein Siegertyp, dem man vertraut.

»Scheiße!« Mir ist heiß, alle Muskeln sind angespannt. Als ich mir eine Coke hole, klingelt das Telefon.

»Hey, Alter!«, gluckst Ahmad, »weißt du was? Ich komme dich besuchen. Hab sechs Wochen frei. Was sagst du!«

Am liebsten würde ich einen Luftsprung machen.

»Mann, Ahmad! Das ist ja großartig! Wann?«

»Nächste Woche. Billigflug. Summer in Italy …

amore … Chianti … Aquilea, ha! Warst du überhaupt schon in Venedig und auf der Römerstraße?«

»Klar, du Holzkopf! Ich bin seit vier Monaten hier! Himmel, Ahmad, ich freu mich so …«

»Alles klar, Bellissimo! Ich gebe dir meine Ankunftszeit demnächst durch. Ciao, Ragazzo!«

»Ciao, Alter.« Ich höre dem Piepen in der Leitung zu, falle ins Bett und schlafe endlich ein.

»Sie sind ein perfekter Antiquar!« Fredo sagt es mit Nachdruck.

»Danke!« Ich habe ihn überrascht. Das Notieren, Reinigen und Aufräumen der zehn Kartons mit dem Nachlass war wesentlich schneller geschafft, als er angenommen hat.

»Nun werden Sie wohl keine Verwendung mehr für mich haben?« Schon bedauere ich meinen Fleiß, tue aber unbekümmert und gehe ordnend zwischen den Bücherregalen herum, streiche mit dem Staubwedel aus Straußenfedern über die Buchschnitte.

Fredo war begeistert, als ich damit ankam.

»Ich verstehe nicht, wieso Sie so etwas nicht schon längst angeschafft haben?«

Fredo lacht. »Es kam mir einfach nie in den Sinn!«

Ich hoffe, dass er mich nicht nur als Arbeitskraft benötigt, sondern weil ich ihm ein guter Gesellschafter bin. Kunden kommen selten herein, Leute, die einen Abnehmer für ihre Bücher suchen, öfter. Fredo kauft aber nicht alles an. Er ist wählerisch.

»Genug gewedelt! Setzen Sie sich zu mir, Dennis!«

Wir trinken Kaffee und essen *Torta di mele*; Fredo besorgt täglich vor dem Aufsperren zwei Stück davon in der Bäckerei nebenan.

»Ich möchte, dass wir einander duzen«, sagt er.

»Das ist mir eine große Ehre.«

»Wie geht es deiner jungen Dame?«

»Weiß nicht … sie hat sich seit drei Tagen nicht gemeldet.« Ich sehne mich nach ihr, wechsle das Thema. »Dafür habe ich aber eine andere Neuigkeit, Fredo. Mein bester Freund kommt nächste Woche aus Chicago auf Besuch! Fünf Wochen will er bleiben. Du wirst Ahmad mögen.«

Fredo nippt an der Tasse.

»Deine Freunde sind auch meine. Ach, was gebe ich da für Plattheiten von mir!« Er kichert und ich grinse mit.

Die Glocke über der Tür schellt. Mich reißt es aus dem Stuhl: Mara Botazzi!

»Guten Tag.« Sie knetet den Riemen ihrer Handtasche. »Undine schickt mich. Es geht ihr nicht gut … sie fiebert.«

Obwohl es im Laden kühl ist, schwitze ich.

»Was meint der Arzt?« Wir steigen in ihr Auto.

»Sie will nur Sie sehen.« Mara parkt vor dem Haus ein.

Wie gehetzt dreht sie ihren Kopf nach allen Seiten, als sei der Teufel hinter ihr her.

»Wenn mein Mann heimkommen sollte … bitte sagen Sie ihm nicht, dass ich Sie geholt habe. Sie sind ganz zufällig hier. Bitte.«

Undine scheint nie den Wunsch nach Renovierung ihres Kinderzimmers gehabt zu haben. Rosa Tüllvorhänge, eine pastellfarbene Blumentapete und jede Menge Stofftiere auf einem Regalbrett über dem Bett. Dort entdecke ich die Nixe, von der Bellatesti gesprochen hat. Bis zu den Hüften grün mit einem blauen Fischschwanz.

»Schließ die Tür. Dennis.«

Ich setze mich zu ihr aufs Bett.

»Ich … ich …«, flüstert sie.

»Was ist denn? Hab keine Angst.«

Sie atmet tief ein, es klingt wie Schluchzen.

»Dennis, bitte, sag keinem Menschen, was ich dir nun … ich habe einen Tick. Manchmal muss ich mir wehtun, weißt du … ich …«

Es fällt ihr schwer, zu sprechen. Zögernd hebt sie ihr Pyjamaoberteil an einer Stelle an. »Ab und zu tu ich das … weiß auch nicht, was mich dazu bringt. Schau, was passiert ist.«

So schlimm es für sie sein mag, mich erfüllt Dankbarkeit. Sie teilt endlich ein Geheimnis mit mir. Aber ich kann nichts sehen, sie verbirgt immer noch alles. Behutsam nehme ich ihre Hände.

»Ich kann dir nicht helfen, wenn ich es nicht anschauen darf, Undine.«

Keinesfalls darf sie erfahren, dass ich es längst weiß. Langsam hebe ich das Hemd hoch. Sie presst die Augen zu. Ihre Brust ist von feinen, weißen Narben gezeichnet. Ein Schnitt unterhalb der linken Brustwarze ist bläulich-rot und entzündet. Eitrig.

»Das braucht Antibiotika, Undine.«

»Dann hol doch welche!«

»Das geht nicht, das kann nur ein Arzt verschreiben. Es gibt ganz verschiedene Zusammensetzungen.«

Sie schüttelt den Kopf, bedeckt die Augen mit einem Arm. »Nein, kein Arzt! Ich würde mich zu Tode schämen.«

Wie sie leiden muss! Ich schweige.

Als ob ihr das zu denken gibt, sagt sie dann: »Also gut! Bellatesti soll kommen.« Sie dreht sich zur Wand.

Ich kann den Arzt nicht anrufen, Mara würde sich wundern, dass ich ihn kenne. Erleichtert wählt sie seine Nummer. Er wird in einer Stunde da sein, teilt sie mir mit, er hat noch einen Patienten im Wartezimmer sitzen.

»Möchten Sie etwas trinken?«

»Ja, bitte.«

Mara eilt davon, kommt mit einem Krug und zwei Gläsern auf einem Tablett zurück.

»Hier ist Zitronenwasser. Vielleicht möchte meine Kleine auch davon. Bei Fieber soll man ja viel trinken.« Sie seufzt.

Undine will nichts, bleibt abgewendet liegen.

Schweigend warten wir auf den Arzt.

Als Mara mit Bellatesti ins Zimmer kommt, schickt Undine sie fort. »Ich brauche kein Publikum.«

»Soll ich auch …?«, frage ich, doch sie schüttelt den Kopf.

Bellatesti reicht mir ohne eine Regung die Hand.

Mit rotem Gesicht zeigt ihm Undine den Schnitt.

»Schmutzinfektion. Ich schreibe eine Salbe und Tabletten auf. Undine, du musst die Packung zu Ende nehmen, damit es wirkt.« Er spricht höflich, wenn auch etwas unterkühlt zu ihr.

Sie sagt kein Wort.

Ich begleite Bellatesti hinunter, um die Medikamente in der nächstliegenden Apotheke zu holen.

Beim Haustor sagt er: »Herr Myers, Undine muss eine Therapie machen. Das gefällt mir nicht.«

»Du kannst mich doch nicht so lange allein lassen!«, greint sie, als ich wieder komme.

Ich gebe ihr die Tablette. »Dreimal am Tag.«

Beim Auftragen der beiden Salben windet sie sich. »Schmier das richtig drauf, das schwule Herumgestreiche ist zum Auswachsen!«

Ist der nächste Ausbruch fällig?

»Halt still! Dein Dottore sagte, die Heilsalbe nur

um den Schnitt herum, die antibiotische auf den Schnitt drauf.« Ich klebe ein Pflaster über die Wunde. Es klopft. Undine zieht die Decke zum Kinn hoch.

Bruno Botazzi steht in der Tür.

»Buona sera!« Er sieht besorgt aus. »Was hat denn meine Kleine? Fieber, sagt deine Mama.«

Undine winkt ihm zu, wirft mir einen beschwörenden Blick zu.

»Guten Abend, Signore Botazzi«, sage ich, duzen werde ich ihn bestimmt nicht, »es geht schon besser. Der Arzt meint, es könnte vom Joggen in der prallen Sonne sein.«

»Heile, heile Segen«, sagt Bruno, wirft Undine eine Kusshand zu und geht. Ich höre ihn nach Mara rufen.

»Er hat eine Heidenangst vor Krankheiten.« Sie entspannt sich. Ich lege die Hand auf ihre Stirn. Sie glüht. Undine krabbelt mit einer Hand auf meinen Schenkel, streichelt mich.

»Danke, dass du da bist ... dass es dich gibt ... dass du mich verstehst ... dass du mich liebst.« Plötzlich verharrt ihre Hand, mit gerunzelter Stirn starrt sie mich an. »Du tust es doch, nicht wahr?«

»Ja, ich liebe dich«, sage ich zum ersten Mal. Es fühlt sich richtig an.

Gerne würde ich aussprechen, was mich bedrückt. Vor allem aber meinen Verdacht gegen ihren Vater.

Stattdessen trinke ich von der Limonade, erzähle möglichst unbekümmert: »Übrigens kommt nächste Woche Ahmad auf Besuch, er ist mein bester Freund. Wir waren zusammen in der Grundschule. Du wirst ihn mögen.«

»Wie interessant«, antwortet Undine schleppend.

Ich streichle sie, bis sie einschläft.

Die Diele ist dunkel. Auf einmal höre ich vom anderen Ende des Ganges ein Seufzen, dann Stöhnen. Ein Klatschen. Mit Gänsehaut türme ich.

14. Freundschaften

Es ist windig und kühl, sieht nach Regen aus. In unangenehme Gedanken versunken, trabe ich auf eine Kreuzung zu, warte ewig auf ein Grün.

»Ciao, Dennis!« Ein Mann winkt, rennt bei Rot herüber. »Ich bin's, Mario!«

Der Samariter aus der Bar, ich freue mich. »Na, so was. Ich war voll wie ein Fass, was?«

Er boxt mich gegen die Schulter. »Schon was vor heute Abend?«

»Nein. Wollen wir essen gehen? Du bist mein Gast zum Dank, dass du mich neulich nach Hause geschleppt hast.«

Mit Appetit essen wir Piccata Milanese.

»Ein Geheimtipp der Trattoria«, hat Mario beim Bestellen erwähnt. »Deine Freundin ist eine Nette«, sagt er zwischen zwei Bissen. »Willst du sie heiraten? Meine ist vor einem halben Jahr abgehauen. Sie meinte, ich hätte nur Autos im Kopf. Was glaubt sie? Ich lebe schließlich von meiner Werkstätte, oder? Naja.« Ein Schatten zieht über sein Gesicht.

»Ich kenne Undine erst kurz. Nach ein paar Wochen kann man nichts sagen«, weiche ich aus, kann über meine Gefühle nicht reden. Abgesehen davon, Bruno wird seine Tochter nicht ohne Protest ziehen lassen. Bestimmt nicht.

»Lust auf einen Drink? Dort, wo wir uns kennengelernt haben?«

»Klar!« Ich bin für jede Ablenkung dankbar.

Der Wind ist währenddessen zum Sturm geworden, reißt an mir.

Wie beim ersten Mal ist die Bar gut besucht.

»Jetzt bist du eingeladen, Americano«, schreit Mario in mein Ohr. Er blickt sich prüfend um, zwinkert manchen Mädchen zu, wirft sich in die Brust. Aus der Jukebox ertönen die Hits der Siebziger, der letzte Schrei in Triest. Wir drängeln uns an der Theke, werden von hinten gestoßen, wenn jemand bestellt. Ich bemerke die Hand mit langen, schwarz lackierten Nägeln erst, als sie mich auf der Brust piksen und fahre herum.

»Hi, Nixenlover.« Carla lächelt, ihre Augen taxieren mich. Das Latexkleid schmiegt sich an ihre Figur, Verführung pur.

Mich fröstelt, ich pflücke die Hand von meinem Hemd.

»Hi.«

Mario starrt sie an.

»Wo ist denn unsere kleine Verrückte?«, fragt Carla und legt den Kopf zur Seite, leckt über ihre Lippen.

»Ich dachte, Sie wären miteinander befreundet? Warum so zynisch?« Ich versetze Mario einen Stoß mit dem Ellenbogen, weil er wie ein liebeskranker Pavian um sie herumtänzelt.

»Und ob wir Freundinnen sind! Ohne mich wäre sie längst in der Klapse!« Carla reckt das Kinn. »Ich habe ihr zweimal das Leben gerettet.«

»Tatsache?«, fragt Mario neugierig.

»Ja. Sie hat es mit Tabletten … egal.«

»Was war der Grund dafür?«, bohre ich nach.

»Das passt doch nicht in den Rahmen hier, wollen wir uns nicht lieber amüsieren?«

Ich verabschiede mich rasch.

»Pass auf dich auf, Mario. Wir sehen uns.«

»Wie schade, Dennis, wir hätten uns einen netten Abend machen können«, ruft sie mir nach, ich spüre ihren Blick im Rücken.

Undines *Freundin*?

Einmal mit den Fingern schnippen hätte ausgereicht, sie zu vögeln. Ich stemme mich gegen den kalten Wind, der den salzigen Geruch des Meeres durch die Straßen trägt und hoffe für Mario, dass er hinter Carlas schöne Larve blickt, sich nicht in sie verliebt.

Zu Hause rüttelt der Wind an den Fensterläden, braust durch die Straße. Mein letzter Gedanke vor dem Einschlafen gilt Undine.

15. Fieber

Es klingelt. Carla ist dran. »Undine, ich muss dir was erzählen …« Sie lacht ungefähr eine halbe Minute in den Hörer, ich halte ihn vom Ohr weg. Als sie sich endlich beruhigt hat, sagt sie: »Dein Amerikaner … hat er mir glatt Avancen gemacht gestern Abend in der Bar.«

Heiß und kalt rinnt es mir über den Rücken. Der Kunststoff knackt, weil ich den Telefonhörer so fest umklammere. »Und?«

Sie schweigt, sicher, um mich wahnsinnig zu machen; mir bleibt fast die Luft weg.

Dann seufzt Carla, es hört sich mitleidig an. »Mach dir keine Sorgen, Undinchen. Ich habe natürlich nein gesagt, bin deine Freundin.«

»Du hast das schon einmal gemacht. Carla, was war nun?«

»Ich sage dir nur, du musst eine bessere Methode entwickeln, um endlich einen Mann bei der Stange zu halten. Ich hätte ihn mit einem Fingerschnippen haben können!«

Das Fieber steigt wieder, ich fühle es. Meine Zähne klappern und ich presse hervor: »Warum tust du das? Immer wieder! Was hast du davon?«

Carla lacht glockenhell. »Weil es komisch ist. Ciao, Bella.«

Zitternd lege ich auf. »Eines Tages bring ich sie um.«

Seit dem Kindergarten kennen wir uns.

Carla war die Führerin gewesen. Sie heckte die Streiche aus. Ich war beeindruckt von ihrem Selbstbewusstsein, bewunderte sie, die sich oft schützend vor mich stellte, wenn ich bei den Kindergarten-Tanten aneckte.

»Sie kann eben nicht anders! Siehst du nicht, dass sie sich vor lauter Angst in die Hosen gemacht hat?«, schrie Carla die Tante an, die mich ausschimpfte. Ich hatte eine schwache Blase und Angst vor den Betreuerinnen. Andererseits scheute Carla nicht davor zurück, mir in die Schuhe zu schieben, was sie selbst anstellte. Warf sie versehentlich einen Becher mit Saft um, bestand Carla vor den anderen darauf, es wäre die dumme Freundin Undine gewesen.

Es ging weiter in der Schule. Sie hatte keine große Lust am Lernen, ließ sich von mir die Aufgaben vorschreiben, versprach dafür das Taschengeld. Wenn ich es einforderte, lachte sie. »Dumme Pute, ich brauch es selbst! Du hättest es ja nicht machen müssen.«

Einmal wurde ich so wütend, dass ich Carla verprügelte, die heulend heimrannte. Ihre Mutter hatte empört angerufen und Bruno zog mir das Höschen runter, versohlte meinen nackten Hintern, um ihn gleich darauf liebevoll zu streicheln und *Heile, heile Segen* zu singen.

Ich erinnere mich plötzlich, wie Mara dazukam, mich von seinem Schoß zerren wollte. Aber er herrschte sie an, trat nach ihr. Mara weinte und sagte: »Ich werde dich anzeigen, Bruno, und dann sitzt du im Gefängnis.« Bis heute weiß ich nicht, was Mama damals meinte.

Vater hatte mich bestraft; er ahnte nichts von Carlas Provokationen, für ihn war ich die Schuldige.

Er hatte Mara ausgelacht.

»Das wagst du nicht. Du hängst selbst mit drin und unser Töchterchen darf im Heim aufwachsen.« Immerhin ließ er mich los. Ich rannte in mein Zimmer, kroch in den Kleiderschrank. Oft kauerte ich darin und träumte mich in einer andere Welt, voll mit Elfen, Zwergen und␣wolligen Kuscheltieren.

Meine Zähne schlagen aufeinander, zugleich glühe ich und strample die Decke von den Beinen, habe das Gefühl, komplett durchzudrehen, schlage mit den Fingerknöcheln gegen die Stirn, um diese dummen Gedanken zu vertreiben. »Verrückte Kuh! – Mama!«

Augenblicklich steht sie an meinem Bett.

»Mama, ist es wahr?«

»Was denn, Kind?« Sie hebt die Decke vom Boden auf, schüttelt sie durch und legt sie auf meine Beine.

»Ich war klein … Papa hat mich versohlt … du kamst dazu, hast mit ihm gestritten und gesagt, du gehst zur Polizei. Warum? Hat er so fest zugeschlagen?«

Ich sehe, wie sie sich an der Stuhllehne festklammert, alle Farbe ist aus ihrem Gesicht gewichen.

»Mama? Was ist mit dir?«

»Ach nichts.« Mara atmet durch.

»Und was war damals?« Ich setze mich auf, schlinge die Arme um die Knie.

»Das muss ein schlechter Traum gewesen sein, Undine. So etwas ist gewiss nie passiert.«

»Oder du hast es vergessen?«

Immer noch blass schüttelt Mara heftig den Kopf.

»Nein, da war nichts, mein Kind«, sagt sie bestimmt und verlässt das Zimmer.

Mit weichen Knien lege ich mich zurück, aber schnaufe erleichtert. Es ist nur ein Albtraum im Fieberwahn gewesen. Ich konzentriere mich wieder auf das Telefonat.

Das Miststück Carla will mir Dennis wegnehmen!

16. Aufbegehren

Am nächsten Morgen regnet es. Nach dem ersten Kaffee wähle ich Undines Nummer.

»Guten Morgen, Dennis!«, antwortet Mara. »Es geht ihr gut. Sie hat gefrühstückt, es schmeckte ihr. Das Fieber ist gesunken. Kommen Sie vorbei?«

Die Geräusche von gestern Abend kommen mir in den Sinn.

Mit festen Schuhen und Regenjacke ausgerüstet schlage ich die Richtung zu Fredos Laden ein.

»Nein, mein Freund, wegen der zwei Stunden musst du dir keine Gedanken machen«, sagt Fredo. »Komm morgen, wie ausgemacht. Grappa?«

Ich verdrehe die Augen, er lacht und scheucht mich zur Tür hinaus.

Der Regen wird noch stärker, ich überlege, ob ich den Bus nehmen soll, aber als einer vorbeipflügt, überfüllt bis zum letzten Winkel, verzichte ich. Rhythmisch platscht der Regen auf die Kapuze, ich springe über tiefe Pfützen, es macht richtig Spaß. Ab und zu trete ich absichtlich in eine hinein, sogleich höre ich in meinem Kopf Mutters Stimme, als stünde sie neben mir.

›Dennis! Hör auf mit dem Unfug, du machst die teuren Schuhe kaputt!‹ Ihre kleinbürgerliche Art hat Dad und mich oft gewaltig genervt. Mutter sammelt putzigen Kram.

Überall liegen Sesselschoner auf den Lehnen, auf allen Möbelflächen steht *Dekoration* herum, wie sie das Zeug bezeichnet. Blumenkränze mit Seidenschleifen in Pastelltönen an den Zimmertüren, Kerzenherzen, die nicht entzündet werden dürfen, Glasschalen mit Blütenpotpourris, die von Zeit zu Zeit mit Parfum beträufelt werden, Engel und Elfen aus Porzellan.

Und ihr unermüdlicher Putzfimmel. Ich durfte nie Freunde nach Hause einladen. ›Die bringen Dreck herein, pullern daneben, nein.‹

Eines Tages, ich war fünfzehn, tobte Dad und fegte mit einem Streich Mutters Glasentensammlung von der Wohnzimmeranrichte. Alle zersplitterten auf dem hochglanzpolierten Parkettboden. ›Das ist eine Puppenstube! Du nimmst mir den Raum zum Leben!‹, brüllte er. Mutter kreischte, heulte und Dad ging saufen. Ich sperrte mich im Zimmer ein und spielte Gitarre. *Sledgehammer*.

Im Hauseingang klopfe ich die Nässe von der Jacke, ehe ich nach oben gehe. Mara öffnet. Ihre Wange ist angeschwollen und bis unters Auge blau.

»Ach, das. Ja, gestern habe ich die Kurve um den

Türrahmen nicht gekriegt, ich bin ja so ungeschickt«, sagt sie, weil ich wohl zu intensiv draufschaue.

»Verstehe.« Was sonst soll ich sagen? Ich klopfe an Undines Tür.

»Komm rein, mein treuer Freund!« Sie dehnt das Wort *treuer* wie ein Gummiband. Kaum öffne ich, pfeift was an meinem Ohr vorbei, zerspringt klirrend in der Diele. Eine Tasse.

»Undine!«

Wieder flitzt ein Gegenstand knapp über meinen Kopf hinweg nach draußen. Haarscharf daneben, ich spüre den Lufthauch.

»Bist du irre?« Ich stoße mit einem Tritt die Tür zu und stürze zum Bett, schnappe mir ihre Hand, die ein Buttermesser hält.

»Betrüger!« Spucke trifft mein Gesicht, Tränen glitzern auf ihrem. Bin ich auch zum Objekt ihrer Wahnvorstellungen geworden? Das entsetzt mich.

»Sag, was geht vor in dir?« Ich wische die Spucke weg und winde ihr das Messer aus der Hand. Sie tritt nach mir.

»Hör auf, sonst gehe ich!« Ich weiche außer Reichweite ihrer Beine. Sie zittert vor Wut, keucht.

»Ich sage ein einziges Wort: Carla!«

Worauf will sie hinaus? »Carla?«

Anklagend zeigt sie mit dem Finger auf mich. »Wie kannst du nur, Dennis! Ich habe dir vertraut, mich sicher bei dir gefühlt. Sie hat vorhin angerufen. Ich weiß alles.« Wieder wechselt ihre Stimmung, sie weint.

»Was, zum Teufel!«

Sie hockt zusammengesunken im Bett.

»Ihr habt euch gestern in einer Bar getroffen. Du hast sie abschleppen wollen! Weil sie meine Freundin ist, ging sie nicht darauf ein. Wie konntest du nur?« Schluchzend holt sie Luft, wischt mit dem Handrücken über ihre Nase. Rollt sich zusammen. Ich stopfe die Decke um sie herum fest, setze mich zu ihr.

»Keine Minute verstreicht, ohne dass ich an dich denke. Wie kannst du das annehmen von mir? Diese Frau ist absolut uninteressant für mich.«

»Es tut weh …«, klingt es hohl aus dem Kissen, in das sie den Kopf vergraben hat.

Ich schiebe die Hand unter die Decke, lege sie auf ihren Rücken. Sie lässt es geschehen.

»Ich schwöre dir, da war nichts.« Dann erzähle ich, wie der Abend in der Bar tatsächlich verlaufen ist.

»Du schwörst?« Sie setzt sich auf, ihr Blick flackert unsicher, »Was erzählt die Schlange dann?«

Vor dem Zimmer klirrt es leise, Undine steht auf und öffnet die Tür. Ich sehe, wie Mara die Scherben in eine Schaufel kehrt.

»Mama, verzeih.«

»Schon gut, Kind«, antwortet sie mit sanfter Stimme.

»Dein Gesicht, Mama?« Undine kauert neben ihrer Mutter.

»Nichts.«

»Hattest du Streit mit Papa?«

»Geh zu deinem Freund hinein.« Sie schubst Undine zärtlich ins Zimmer, zieht die Tür zu.

»Ich hasse es, wenn sie streiten. Er kann so unbeherrscht sein und sie lässt es sich gefallen. Verstehe ich nicht.«

Ich sage nichts.

»Ich geh ins Bad. Warte bitte auf mich.«

Nach einer Weile höre ich sie mit Mara reden. »Mama, bitte, ich will zu Dennis.«

»Aber was wird Papa sagen, er wird schrecklich wütend sein.«

»Es tut mir leid, ich werde ihn anrufen. Ich bin volljährig und möchte ausprobieren, mit dem Mann zu leben, den ich liebe«, sagt Undine.

»Ach, Kind, dein Papa liebt dich.«

»Dann wird er es verstehen. Ich rufe an.«

Undine kommt herein, zieht sich an.

»Wir gehen zu dir. Ist das in Ordnung?«, fragt sie.

Ich weiß nicht, ob es klappt, aber nicke.

»Deine Medikamente?«

Mit fahrigen Bewegungen stopft sie Salben und Tabletten in ihren Rucksack.

»Los!«

In Fontänen spritzt das Wasser von den Reifen ihres Wagens. Undine schert sich nicht um die Fußgänger, mit finsterer Miene prescht sie bis vor mein Haus.

»Ich verstehe nicht, wieso ich Angst habe, mein Leben in die Hand zu nehmen. Papa ist wie eine Glucke … er benimmt sich oft so …«

Ich weiß keine Antwort, streichle ihren Arm.

Kaum in der Wohnung stürzt Undine sich aufs Telefon.

Mit einer Stimme, süß wie Ahornsirup, säuselt sie:

»Carla, mein Schatz, wenn ich dich nicht hätte! Ich bin dir ja so dankbar für deine Info.«

Mit dem Finger winkt sie mich neben sich, hält den Hörer vom Ohr weg, lässt mich mithören.

»Du weißt doch, ich möchte dich nur vor Dummheiten bewahren. Besser jetzt, als wenn es zu spät ist.« Carla klingt fürsorglich.

»Wie lieb von dir. Ich komme auf einen Sprung vorbei.« Schnell legt Undine auf.

»Ob das eine gute Idee ist? Du solltest besser liegen bleiben und dich ausruhen.«

Eine steile Falte zeigt sich auf ihrer Stirn, sie versenkt den Blick in meine Augen.

»Hast du was zu verbergen?«

Ich ziehe mir trockene Schuhe an.

Wieder fährt sie wie der Teufel.

»Warte, du Giftspritze«, murmelt sie mehrmals vor sich hin. Undine rumpelt über den bekiesten Parkweg bis vor die Villa.

Carla fällt der Unterkiefer herunter, als sie mich entdeckt. Sie holt tief Luft. Wortlos packt Undine sie am Arm, zerrt sie hinter sich her in den Salon und stößt sie auf das lederne Chippendalesofa. Ich setze mich in einen der ausladenden Sessel in sicherer Entfernung, denn ich werde keinesfalls etwas zum Disput der Freundinnen beitragen, das schwöre ich mir. Carlas Hand zittert bei dem Versuch, eine Zigarette zum Mund zu führen.

Undine steht vor ihr, blickt auf sie herunter. »Ja? Ich höre?«

Carla raucht, schweigt, zupft das weinrote Negligé zurecht, das ihren halben Busen entblößt.

»Gegen jetzt warst du heute Morgen eine richtige Plaudertasche. Dennis wollte was von dir, wie war das genau?« Undine schnaubt.

»Undinchen, es war bloß Spaß«, sagt Carla, schaut auf und lächelt schief.

Ich zucke zusammen, als Undine ihre Faust knapp neben Carlas Kopf auf das Sofa drischt. »Komm mir nicht so! Den Mann kriegst du nicht! Dein maßloses Geltungsbedürfnis ist zum Kotzen! Diesmal wird nix daraus.« Mit schwingenden Hüften wiegt sich Undine auf mich zu, setzt sich auf die Armlehne des

Sessels, stellt die Füße auf meine Schenkel.

»Eine Idylle der Liebe.« Carla steckt sich eine weitere Zigarette an. Eine Tür im Hintergrund des weitläufigen Salons öffnet sich und mir fallen beinahe die Augen heraus, als Mario erscheint. Mit wirrem Haar, in Shorts und verschlafen. Er entdeckt mich und grinst breit.

»Americano! Hey, das ist eine Überraschung!« Mit ausgestreckten Armen läuft er auf uns zu, schüttelt Undines Hand, klopft auf meine Schulter. Danach sieht er zu Carla hinüber, schluckt hinunter, was er augenscheinlich sagen will, kratzt sich am Kopf.

»Bin wohl in was reingeplatzt … wollte nicht stören, scusi.«

»Ist okay, mein Freund, die Damen haben etwas auszutragen.« Ich schiebe Undines Füße von meinen Beinen, erhebe mich und ziehe Mario mit mir zur Eingangstür.

»Du bleibst!« Ihre Stimme überschlägt sich, »Bitte«, schiebt sie nach.

Wir bleiben mitten im Zimmer stehen.

Undine fläzt sich in den Sessel, streckt sich.

»So, so, du hast dir die zweite Wahl gekrallt.« Sie lacht boshaft. »Das ist ja nicht normal.«

Carla springt mit hochrotem Gesicht auf.

»Gerade du solltest das Wort *normal* nicht in den Mund nehmen, du Verrückte!« Sie starrt ihre Freundin angriffslustig an.

Undine zieht die Augenbrauen hoch. Mir reicht es. »Können wir endlich gehen?«

»Nicht jetzt, mein Liebling, wo es spannend wird«, antwortet sie, ohne Carla aus den Augen zu lassen. »Ich bin verrückt, okay, wenn du meinst. Aber du bist eine Schlampe. Schon als Kind. Als du mir meinen Vater wegnehmen wolltest.« Undine richtet sich langsam auf, geht wieder zum Tisch und klopft eine Zigarette aus der Packung.

»Es ist mir ja gelungen.« Carla lacht höhnisch.

»Miststück!«, schreit Undine, zerbricht die Zigarette und stürzt sich auf Carla, reißt ihren Kopf an den Haaren in den Nacken und ohrfeigt sie. Marios und mein Blick treffen sich für eine Sekunde und wie auf Kommando setzen wir uns zugleich in Bewegung. Mario packt Carla, ich Undine und wir trennen die beiden.

»Ich bring sie um!« Undine strampelt, ich halte sie eisern fest.

Carlas Kopf lehnt an Marios Schulter. Sie schaut unschuldig. Am liebsten würde ich ihr eine scheuern. Diese Heuchlerin!

»Carla, wenn du doch weißt, was mit ihr ist, warum zettelst du so etwas an?«, frage ich direkt.

Im selben Moment bereue ich meine Worte, Undine lässt einen tierischen Schrei los, tritt sich frei und rennt aus dem Haus.

17. Sledgehammer

Carlas Lachen gellt, ich sprinte los. Der Regen hat bereits auf der Fahrt hierher nachgelassen, jetzt schickt die Mittagssonne grelles Licht durch die Wolkendecke. Feuchtigkeit dampft aus dem Rasen, die Luft ist dick und tropisch. Aus den Baumkronen platschen dicke Tropfen. Die Vögel zwitschern, sonst ist es still. Ich laufe durch den Park, rufe nach Undine. Wie verschluckt ist sie. Einmal glaube ich, sie zu entdecken, es ist aber die Skulptur einer kauernden Frau. So weit kann sie einfach nicht gelaufen sein. Als ich die Villa nicht mehr sehe, kehre ich um. Mario steht in Hemd und Leinenhose oben auf der Treppe.

»Carla sagt, sie ist vielleicht in den Keller … hinterm Haus.«

Zusammen gehen wir ums Gebäude und finden an der Rückfront eine Kellertreppe, die zu einer Brettertür führt.

»Ich gehe allein.« Ich steige die ausgetretenen Steinstufen hinab. Klinke gibt es keine, ich stoße gegen die Tür. Von innen verriegelt. »Undine?«

Schweigen.

»Tritt dagegen!«

»Mario!« Stattdessen schlage ich mit der flachen Hand auf die Bretter.

»Undine? Bitte mach auf, wenn du da drinnen bist.« Ich glaube ein Schluchzen zu hören. Wie bringe ich sie nur dazu, aufzumachen? Da fällt mir unser Lied ein und ich klopfe den Takt von Sledgehammer aufs Holz, summe dazu. Auf einmal pocht sie von innen, übernimmt den Rhythmus. Bis zum ersten Refrain dauert es, ehe der Riegel quietscht. Sie hat dreckverschmierte Tränenspuren auf den Wangen.

»Ich liebe dich«, flüstert sie, »niemand sonst versteht mich.« Dann lässt sie sich in den Arm nehmen. Mario begleitet uns zum Wagen.

Ich chauffiere, sie schmiegt den Kopf auf meine Schulter.

»Als Kind war ich oft bei Carlas Familie zu Besuch. Der Keller war unser Geheimraum … und wenn sie mir für irgendetwas die Schuld gab, bin ich allein dorthin und sperrte mich ein.«

Ich kurble das Fenster herunter, die Luft im Wagen ist zum Schneiden. Undine schnäuzt sich.

»Ich weiß, dass sie mit meinem Vater geschlafen hat, als sie vierzehn war.« Sie sagt es sehr langsam und deutlich.

»Glaubst du mir, Dennis?« Sie richtet sich auf und blickt mich an.

»Ja.« Ein Pädophiler. Ich werde ihn kaputt machen.

Zu Hause angekommen, duscht Undine, dann trage ich die Salben auf. Gebe ihr die Tablette.

»Darf ich hier sein? Ist das wirklich okay, wo ich doch so unmöglich bin«, sagt sie bedrückt.

Ich nicke.

Sie bittet mich, zur Elternwohnung zu fahren, um Kleidungsstücke, Kosmetika, ihre Nixe und anderen Kleinkram herzuholen, ich schreibe alles auf.

»Kann ich dich allein lassen? Bleibst du schön liegen, bis ich wiederkomme?«

Sie verspricht es, dreht sich um und schläft gleich ein.

Als Mara öffnet, bricht sie in Tränen aus.

Was ist nur los mit den Frauen Botazzi? Die Blessur in ihrem Gesicht sieht böse aus.

»Verzeihen Sie, Dennis.« Sie holt ein Taschentuch aus der Hosentasche und schnäuzt sich ausgiebig. »Es ist nur, Sie sind ein lieber Mensch.«

Ich zieh Undines Liste hervor. Sie reicht mir eine Tasche und schickt mich ins Zimmer. Als sie später mit einem Tablett hereinkommt, weint sie nicht mehr.

»Möchten Sie Kaffee?«

»Danke, gern.« Ich suche nach den gewünschten Klamotten. Mühsam, zu entscheiden, welche der drei sandfarbenen Hosen gemeint sein könnte mit dem Zusatz *sie sitzt auf der Hüfte*.

»Sagen Sie, welche davon ist eine Hüfthose?«

Mara hilft und bald sind die Sachen gefunden. Dann sitzen wir auf weißen Stühlchen an einem niedrigen Tisch. Die Möbel stammen aus Undines Kinderzeit. Ich frage nach der Zeit, in der die kleine Undine vermisst wurde.

»Wissen Sie, wir haben es nie herausgefunden. Die Polizei hat sie in der Nähe eines Zirkus' aufgegriffen, der seinerzeit gastierte. Undine war nicht bereit, irgendwas zu erzählen.«

»Haben Sie einen Kinderpsychologen aufgesucht?«

Mara schüttelt den Kopf.

»Mein Mann wollte es nicht. Er meinte, es würde das Kind beunruhigen, besser, sie vergäße, was ihr widerfahren ist. Ich wollte damals eine frauenärztliche Untersuchung vornehmen lassen.«

»Und?«

»Mein Mann hat es nicht zugelassen. Sie sollte zur Ruhe kommen.«

Das ist mir nun allzu klar. Schwein!

Sie bittet um meine Telefonnummer.

»Nur für den Notfall, ich werde bestimmt nicht anrufen. Das Kind muss sich erholen.«

Ich mache einen Umweg über den Supermarkt, etwas Ordentliches muss auf den Tisch.

Undine schläft immer noch. Ich koche das Abendessen, da erwacht sie.

Meine Einzimmerwohnung ist nicht auf mehrere Personen ausgerichtet, wir werden uns sehr beschränken müssen. Zum Essen sitzen wir beide auf dem Bett, ich habe keine Lust, dauernd den Schreibtisch herumzuschieben.

Wir balancieren die Teller auf den Knien.

»Eine hübsche Überdecke und ein Beistelltischchen, dann geht das supergut«, sagt sie.

Ich habe Bärenhunger. Nach dem anstrengenden Tag schmecken die Koteletts, Bratkartoffeln und Zucchinischnitze einfach göttlich.

»Wahnsinn, wie gut du kochst!«, lobt Undine. Sie hat hektische Flecken im Gesicht, ihre Stirn fühlt sich heiß an.

Nach dem Essen schaue ich mir wieder die Wunde an. Der entzündete Hof um den Schnitt ist blasser geworden. Wieder verarzte ich sie. Danach schaltet Undine den Fernseher ein, switcht durch die Programme, stoppt bei einem Spielfilm. Christopher Lambert duelliert sich gerade mit einem irren Schwarzhaarigen.

»Highlander«, sagt Undine begeistert und will mir erzählen, was bisher geschah.

»Ich kenne den Film.«

»Magst du ihn auch so gern?«

»Klar.« So vertraut, wie wir zusammen im Bett sitzen, die Kissen im Rücken als Lehne, mein Arm auf ihrem Bein, ihren Kopf an meiner Schulter, Chips knabbernd – sind wir nun ein Paar? Einen Film anschauen, nicht mehr denken.

18. Ahmads Ankunft

Die folgenden Tage verstreichen ohne äußere Aufregungen, aber meine Gedanken drehen sich unausgesetzt um das Arschloch Botazzi und darum, wie ich es schaffe, ihn festzunageln.

Morgens laufen wir unsere Runde rauf zur Chiesa und nach meiner Arbeit bei Fredo erwartet mich Undine wie eine Ehefrau. In einem Glas mit Wasser stecken frische Blumen vom Markt, sie hat aufgeräumt und eingekauft. Kochen muss ich. Undine ist heiter gestimmt, lächelt viel, kriegt weder Wutanfälle noch quälen sie Halluzinationen. Von den Botazzis hören wir nichts, sprechen auch nicht über sie. Alles scheint sich zu normalisieren. Ich liebe sie von Tag zu Tag stärker.

Eine knappe Woche und Ahmad würde ankommen. Ich frage mich, wo er übernachten könnte, jetzt da Undine hier wohnt.

»Ruf Mario an«, sagt sie.

Mario ist sofort bereit dazu, meinem Freund Quartier zu geben.

»Was ist mit Carla?«, frage ich ihn.

»Wer ist Carla?« Mario lacht. »Kannst du vergessen, Dennis. Verwöhnte Zicke, bösartig, pervers. Und das ist milde ausgedrückt. Nichts für mich. Ich suche nach einem lieben Mädel.«

In der Ankunftszone des *Ronchi dei Legionari* warte ich auf den Checkout der Passagiere. Es ist hier heiß und laut. Ich genieße die Tage in Fredos stillem Laden, wo niemals die Sonne hinkommt. Habe ich frei, verbringen wir die Zeit an den Stränden zwischen Triest und Muggia.

Manchmal frage ich mich, was Undine den ganzen Tag unternimmt, wenn ich arbeite. Sie spricht nicht darüber. Aber grundsätzlich reicht mir schon zu wissen, dass keine Schneiderituale in meiner Wanne stattgefunden haben, seit sie zu mir gezogen ist. Nachdem das Geheimnis gelüftet wurde, darf ich auch ihre Brüste liebkosen und küssen. Das Singen, an das Undine sich angeblich nicht erinnert, hat bisher keine Wiederholung gefunden.

Einer nach dem anderen verlassen die Ankommenden die Schleuse. Dann entdecke ich Ahmad. Er grinst von einem Ohr zum anderen, lässt den Trolley los und hechtet über die verchromte Absperrung, statt die Schwenkarme zu passieren. Er wirft sich an meine Brust, umschlingt mich.

»Hey, Bruder«, sagt er.

»Hi, mein Freund.« Der dunkle, glattrasierte Schädel rührt mich. »Mann, ist das schön.«

»Na, lass uns mal Bella Italia unsicher machen!« Ahmad hüpft zu seinem Trolley, zieht ihn hinter sich her. Unverändert jungenhaft bewegt er sich wie immer im Stakkato, da kommt auch das erworbene Doktorat nicht dagegen an. Schon als Kind sauste er wie ein Pfeil durch die Gegend, klein, quirlig, vibrierend. Oft hatte ich Mühe, seinem Tempo zu folgen.

Ahmad, der gut zwei Köpfe kleiner als ich ist, schaut mich an, lacht wieder. »Los! Was stehst du wie ein Klotz herum, hauen wir ab.« Er zwinkert mit den großen, dunklen Augen, Hauptanziehungspunkt im macchiatofarbenen Gesicht, seine Zähne blitzen zwischen den vollen Lippen.

»Wann hast du dich zum Billardkugelträger entschlossen?« Ich tätschle seine Glatze.

Wir gehen zu Undines Auto. Mein Freund tut so, als spucke er in die Hand, reibt über den kahlen Schädel. »Cool, ey? Die Weiber fahren voll drauf ab.«

Ja, das ist Ahmad. Ich versetze ihm einen zärtlichen Kinnhaken, frage: »Sag mal, traust du dir zu, mit Undine zu arbeiten? Du weißt schon … diese merkwürdige Geschichte.«

»Weil sie eine Nixe sein möchte?«

»Ja.«

»Wenn sie mir vertraut, dann könnte ich es machen.«

»Das müssen wir erst sehen. Ich hoffe es sehr, mein Freund.«

Ahmad legt seine Hand auf mein Bein. Es tut gut.

Undine hängt halb aus dem Fenster und winkt.

Als wir oben ankommen, reicht sie Ahmad die Hand. »Dennis' Freunde sind auch meine«, sagt sie strahlend.

»Hugh!«, antwortet er und umarmt sie.

Nach einem Begrüßungsschluck bei mir suchen wir das Restaurant gegenüber auf. Unter dem Schatten spendenden Baldachin aus wildem Wein ist es angenehmer als in meiner Wohnung, die trotz der geschlossenen Fensterläden von Tag zu Tag heißer wird, je näher der Sommer rückt.

Undine wirkt wie eine ganz normale junge Frau, die Spaß am Leben hat, als sie Ahmad zuhört. Er erzählt, wie beeindruckt das Ärzteteam der Klinik, allen voran der Primar, von den Erfolgen seiner Arbeit als Traumatologe ist.

»Ich bin echt gut. Vermutlich liegt es daran, dass ich mich selbst in den Sitzungen in einer Art Twilight Zone bewege, den Neokortex ausschalte. Dennoch weiß ein Teil in mir genau, was ich tue.«

»Was ist Neokortex?« Undine stützt die Ellenbogen auf den Tisch.

»Das ist der denkende Teil des Gehirns. Wenn er aktiv ist, kommen wir schwer an verdrängte Gefühle heran. Man kann sagen, die Hypnose schläfert ihn ein.«

»Oh, du mein Magier«, sage ich, stehe auf und verbeuge mich tief.

Ahmad wirft einen Olivenkern nach mir. »Idiot.«

Undine hat zu essen aufgehört und starrt den jungen Arzt an. »Twilight Zone … was für ein schönes Wort. Es zergeht auf der Zunge.«

Unwillkürlich verkrampfe ich mich. Legt sie gleich wieder mit der Nixensache los? Doch sie lacht.

»Verzeihung, ich habe dich unterbrochen.«

»Nein, nein, das ist interessant. Es klingt, als würdest du diesen Zustand kennen.« Ahmad schaut sie aufmerksam an.

Die nächsten Stunden verbringen die beiden im Gespräch über Schlaf- und Wachübergänge, Traum und Realität und das Phänomen, manchmal nicht genau zu wissen, was Illusion, was Wirklichkeit ist. Ahmad erwähnt den Buchtitel »Wie wirklich ist die Wirklichkeit« von Paul Watzlawick; Undine notiert ihn sogleich. Ich juble insgeheim. Es ist so gut wie sicher, dass Undine mit Sitzungen einverstanden ist. Sie mag Ahmad. Er gähnt, der Jetlag macht sich bemerkbar, wie er sagt. Wir brechen auf. Undine geht über die Straße in die Wohnung und ich fahre Ahmad zu Mario, hole, wie vereinbart, den Schlüssel aus dem Tabakladen im Haus. Ahmad taumelt nun vor Müdigkeit. Ich weiß, dass er so viel Wein nicht gewöhnt ist, zu Hause lebt er abstinent. Ich bette ihn ins Gästezimmer; kaum bin ich aus der Tür, erklingt leises Schnarchen.

Am späten Nachmittag des nächsten Tages wirbelt Ahmad zur Buchhandlung herein.

»Hi.« Mit ausgestrecktem Arm springt er auf den Schreibtisch zu, Fredo, der gerade aufstehen will, prallt angesichts des Elans in den Sessel zurück, dass die Scharniere kreischen.

»Ahmad! Mach mal halblang!« Das ist typisch für sein Temperament. »Nicht erschrecken, Fredo, der Junge hat Chili im Arsch.«

Fredo schmunzelt ebenfalls und greift nach der Grappaflasche. »Ach ja. Dennis' bester Freund. Einstandsgläschen gefällig?«

»Teufelszeug! Ich weiß schon, warum uns Allah den Alkohol verbietet, schmeckt wie Gift, ist Gift.« Ahmad schüttelt sich nach dem Schluck.

»Tu nicht so. Gestern hast du ganz schön gebechert.« Ahmad betrachtet den gewichtigen Folianten, den ich an meine Brust drücke, ich war im Begriff gewesen, ihn einzureihen.

»Was hast du da?«, fragt er.

»Die gesammelten Essais von Montaigne.«

»Darf ich mal?« Er nimmt den schweren Band an sich, blättert darin herum.

»Montaigne war ein revolutionärer Kerl in seiner

Zeit«, sagt Fredo. »1580 hat er begonnen, seine Gedanken aufzuschreiben. Er selbst bezeichnete seine Betrachtungen zu Themen der Zeit als Flickwerk. Sechs Töchter hat ihm seine Frau geboren, bis auf die Zweitgeborene starben sie alle in den ersten paar Wochen ... seltsam.«

Ahmad legt das Buch geöffnet auf den Schreibtisch. »Ich kann leider nicht Französisch lesen. Was steht zum Beispiel da?« Er tippt mit dem Zeigefinger auf eine Stelle im Text. Fredo rückt seine Brille zurecht und nimmt zusätzlich die Leselupe zu Hilfe. Seine französische Aussprache klingt perfekt in meinen Ohren. »An den Handlungen der Irren erkennen wir«, liest er, »wie eng der Wahnsinn mit den schöpferischsten Verrichtungen unserer Seele einhergeht. Wer wüsste nicht, wie unmerklich die Grenze zwischen geistiger Umnachtung und den lichten Höhenflügen eines freien Geistes, den Werken einer vollendeten Tugend ist! Platon sagt, die Melancholiker seien an Bildungsfähigkeit die Überragendsten; aber niemand neigt auch so zum Wahnsinn wie sie.« Er legt die Lupe zur Seite.

Wir schweigen einen Moment. Dann sagt Ahmad:

»Er hat recht. Ein kluger Kopf, dieser Montaigne. Ich erlebe das häufig in der Klinik. Die meisten meiner Patienten sind hochintelligent und dennoch nicht fähig, ein normales Leben zu führen. Wobei sich mir die Frage stellt, was normal eigentlich bedeutet? Gesellschaftliche Anpassung, meiner Meinung nach, mehr nicht.«

Ich nehme das Buch wieder an mich und stelle es ins Regal. »Hast du gut her gefunden? War meine Wegbeschreibung klar?«

»Weiß nicht. Undine hat mich rausgeläutet. Wir frühstückten zusammen und sie brachte mich zu dir.«

»Undine? Wo ist sie denn?« Ich bin überrascht.

Ahmad geht nach draußen, ich folge ihm.

»Sie wollte bloß einen Parkplatz …« Er blickt sich suchend um. »Komisch, kann sie nicht entdecken.«

»Vielleicht konnte sie keinen finden?«, mutmaßt Fredo, der sich zu uns gesellt hat.

Hoffentlich ist nicht wieder was! Mir wird plötzlich kalt, im Bauch rumort es und ich fühle Angst.

»Fredo«, fange ich an, doch der Alte winkt ab.

»Geh nur, ich weiß. Sag mir Bescheid, wenn du sie gefunden hast.«

»Los geht's«, sagt Ahmad. Wir beginnen mit der Suche an der Ecke der Hauptstraße. Dort ließ Undine ihn aussteigen. Ahmad geht die linke Straßenseite ab, ich die andere. Dabei werfe ich immer wieder einen Blick in die Läden. Nichts. Am Ende der nächsten Gasse treffen wir wieder aufeinander. Zucken mit den Schultern.

»Ich nehme die nächste auf dieser Seite, du schaust gegenüber«, sage ich.

19. Absence

Ich erschrecke, weil mich jemand an der Schulter packt. Wo bin ich denn überhaupt?

»Ich bin es, Ahmad. Erkennst du mich, Undine?«

Ja … ich kenne ihn. Ich stehe da auf einer Straße und er hat die Arme um mich gelegt, mir ist schwindlig. Ja, natürlich, Ahmad, der Freund von Dennis.

»Ahmad … ja … ich kenne dich.«

Er lächelt und nimmt meine Hand. Dennis steht auf der Hauptstraße, winkt. Ahmad drückt mich und Dennis läuft uns entgegen.

»Schatz, was ist denn?«

Sie führen mich in Fredos Buchhandlung, setzen mich auf seinen Drehstuhl. Dennis bringt Wasser, aber ich drehe den Kopf weg, als er das Glas an meine Lippen setzt. Mir ist gar nicht gut.

»Undine?« Zart tätschelt Ahmad meine Wange.

Plötzlich fällt mir ein Reim ein, ich muss ihn sagen, obwohl ich nicht will. »Casanova, böser Geck, nimmt mir meine Rosa weg …«

»Undine, hörst du mich?«, sagt Ahmad. Natürlich höre ich ihn aber ich kann nicht antworten, der

Reim quillt unaufhörlich wieder und wieder aus mir heraus.

»Ich bringe dich in deinen Körper zurück, okay?« Seine Stimme ist laut und dennoch fühle ich mich weggezogen und in einem Sumpf versinken.

Er zieht mir die Arme nach oben, sie sind wie Blei, lässt sie zurück in meinen Schoß fallen. Ich reiße die Augen auf, spüre den Atem durch meinen Körper fluten – der Sumpf verflüssigt sich. Was ist das für ein Casanova? Und Rosa? Ich schüttle den Kopf, weg damit! Die drei sehen mich so besorgt an, dass ich lachen muss.

»Verzeiht, es hat so lange gedauert, weil ich in die Parkgarage fahren musste.«

Fredo nimmt meine Hand. »Geht es Ihnen gut?«

»Ja. Und selbst?«, antworte ich, während Dennis mir ein großes Glas Wasser reicht. Ich habe Durst, als hätte ich seit Tagen nichts getrunken.

»Wunderbar!«, antworte ich und Fredos Stirn glättet sich. »Wie Sie wissen, bin ich bei meinem Liebsten eingezogen, da kann es mir nur gut gehen!«

Ich bemerke, dass Ahmad Dennis komische Handzeichen gibt, was ist los?

»Na, Ahmad, was ist mit dir?«, unterbreche ich.

Jetzt sieht er mich so eigenartig an.

»Ich habe den Jetlag gut überwunden, bin frisch wie ein Fisch im Wasser und total gespannt, was ihr mir heute so alles bieten wollt in dieser Stadt«, sagt er, aber ich fühle, dass er etwas verbirgt.

»Wir könnten nach Geschäftsschluss zum Canal Grande runter und dabei gleich die beiden Kirchen auf den Palazzo Carciotti ansehen. Ahmad liebt Kirchen, stimmt's?«, sagt Dennis in einem gezwungen leichten Plauderton.

»Undine, wieder alles in Ordnung? Gehen wir mal raus?«

Was haben die zwei nur?

»Klar!« Ich stehe auf und gehe zur Tür.

»Hey! Holt mich in einer Stunde ab. Geht mal auf ein Gelati«, sagt Dennis.

Ich werfe ihm eine Kusshand zu.

20. Die Provokation

»Wenn es nach mir geht, kannst du gleich Schluss machen«, sagt Fredo, als die beiden draußen sind.

»Ich weiß, lieber Freund«, antworte ich. »Aber ich brauche ein paar Minuten, um mich zu erholen. Hast du sie gesehen, Fredo? Wie von einem anderen Stern, beängstigend.« Ich muss in Ruhe eine rauchen. Obwohl überall Rauchverbotsschilder hängen, hält sich in Fredos Laden niemand dran.

»In der Tat. Vielleicht ist ihr etwas begegnet, hat sie jemanden gesehen und sich deswegen ausgeblendet?«

»Ich hoffe, dass Ahmad etwas herausfinden wird. Er hat mir ja vorhin pantomimisch mitgeteilt, ich soll auf keinen Fall über den Vorfall reden mit ihr.« Ich blase Rauchwölkchen in den Raum. Wie schön könnte unsere Liebe sein, wenn nicht …

»Der schafft das, Fredo, sicher«, spreche ich mir Mut zu.

»Ganz bestimmt. Grappa?«

Ich lache wieder, sage nein und verdrehe die Augen, beginne Ordnung zu machen, die Papierabfälle in einen Pappkarton zu sammeln und in den Container im Innenhof des Hauses zu leeren. Als ich zurückkomme, ist Fredo mit einem Kunden zugange, der eine Erstausgabe von Alessandro Manzoni, *Die Verlobten* suchte.

Ich spüle die Gläser und Tassen, die sich im Laufe des Tages angesammelt haben, weil Fredo jedem Kunden Grappa oder Kaffee anbietet. Heute war viel los gewesen, es gibt aber auch Zeiten, wo tagelang keiner den Weg herein findet. Zuletzt schlichte ich die Lagerlisten alphabethisch aufeinander und stecke sie in die dafür vorgesehene Mappe. Aktivität hilft mir immer, mich zu finden.

Fredo setzt den Manzoni auf eine Suchliste, notiert den Namen des Kunden.

Undine und Ahmad klopfen ans Fenster, ich verabschiede mich ins Wochenende und verlasse den Laden. Wir spazieren bis zum Ende des Kanals, Ahmad gefällt das Ambiente.

»Triest ist eine zauberhafte Stadt, liebe Freunde.«

»Du hast ja keine Ahnung. Wenn du Venedig sehen würdest …«, fange ich zu schwärmen an. Wir kehren in einer Trattoria ein und bestellen alle Saltimbocca Romana und Soave.

»Was meint ihr? Wollen wir übers Wochenende irgendwohin fahren? Zum Beispiel nach Venedig? Ich lade euch ein!« Undine hüpft auf ihrem Stuhl vor Begeisterung hoch. Nichts ist mehr zu spüren von der vorangegangenen Absence.

Ahmad hebt abwehrend die Hand. »Ich kann das nicht annehmen, aber vielen Dank, Undine.«

»Ach so! Ihr Orientalen findet es wohl unehrenhaft, wenn ein Weib Geld hat?« Sie rümpft die Nase.

Ich erröte, stoße Undine unter dem Tisch an. Es ist zu spät. Ahmads Lächeln stirbt auf seinen Lippen. Schon neigt er sich über den Tisch.

»Was willst du damit sagen? Dass mein Volk Frauen verachtet? Sie zu Tode steinigt wegen nichts? Dass Betrug erfunden wird, um aufmüpfige Weiber zu entsorgen?« Er steht mit einem Schwung auf, dass der Stuhl krachend umstürzt. Der Kellner zieht die Brauen hoch, bleibt jedoch hinter dem Tresen. Ahmad beugt sich weit vor, beinahe berührt seine Nase Undines. Er flüstert mit eisiger Stimme:

»Dass afghanische Frauen ungefragt im Kindesalter einen fremden Mann ehelichen müssen und ein Sklavendasein fristen?«

Undine umklammert meine Hand wie einen Schraubstock, stumm starrt sie Ahmad an, während Tränen aus ihren Augen kullern.

»Meinst du das, Undine?«, fragt er erneut.

Ich versuche, dem ein Ende zu machen.

»Sie weiß doch gar …«

Unwillig winkt er ab.

»Sie soll gefälligst antworten!«

Da schluchzt sie leise: »Oh, Ahmad, verzeih mir. Ich hatte keine Ahnung.«

Er lässt ab von ihr, stellt den Stuhl auf, der Kellner entspannt sich, wie ich sehe, und bringt den bestellten Wein an den Tisch.

»Vielleicht beschäftigst du dich mal mit anderen Menschen, anstatt wie ein junges Häschen durchs Leben zu hüpfen, ahnungslos, selbstbezogen. Entschuldigung angenommen.« Ahmad trinkt sein Glas in einem Zug aus. »Ich leide zutiefst an dem Wissen über diese Untaten, Undine. Auch wenn ich nicht dort lebe, es macht mich fertig.«

Ich entziehe ihr meine schwitzende Hand. Sie weint immer noch. Mit einem Knall stellt Ahmad das Glas hin. »Ich fahre gern mit. Wann soll es losgehen?«

»Nächstes Wochenende?«, antworte ich.

Undine schnäuzt sich ausgiebig und nickt.

Zuhause sagt sie: »Es ist schrecklich, wie ich deinen Freund verletzt habe.«

»Er ist sehr empfindlich, außerdem politisch engagiert an seinem Herkunftsland. Allerdings kenne ich ihn nicht so aufbrausend.«

»Ich werde vorsichtiger sein müssen.«

»Das musst du nicht. Sei wie du bist. Du hast zufällig einen Nerv bei ihm getroffen. Fertig.«

»Er bei mir auch. Schlimm, was die Frauen ertragen müssen, es macht mich so traurig. Ich weinte deswegen, nicht, weil Ahmad mich anschnauzte.«

In dieser Nacht vergewissere ich mich immer, wenn ich aus unruhigem Schlaf hochfahre, ob sie neben mir liegt. Ich habe Sorge, dass sie als Reaktion auf den Konflikt, die von mir gefürchteten Ausflüge ins Bad unternehmen könnte. Doch sie liegt ruhig, ihr Atem fließt gleichmäßig.

Ahmad streckt sich neben mir in der Sonne aus auf unserem Lieblingsstrand, Undine schwimmt weit draußen.

»Oder gestern«, setze ich unser Gespräch über sie fort, »du hast es mitbekommen. Völlig abwesend war sie. Und dann diese nicht vorhersehbaren Stimmungsschwankungen, scheinbar grundlos. Ich komme mir im Moment vor, als würde ich am Rande eines Kraters leben, in ständiger Angst vor dem Ausbruch.«

»Dennis, ich sehe sie mir an. Sofern sie das möchte. Nach der Auseinandersetzung über Frauen und Achtung weiß sie, wer ich bin und wird mir vertrauen.«

»Na, ich weiß nicht recht, sie war erschrocken.« Ich kann mir nicht vorstellen, dass sie einer Sitzung nach dem Streit zustimmen wird.

»Doch, gerade deswegen. Sie fühlt nun, dass sie mich absolut ernst nehmen kann. Natürlich hätte ich durchaus ruhig wegen Afghanistan bleiben können, aber die Gelegenheit war ideal gewesen, ihr zu zeigen, dass ich ein Mensch mit tiefen Gefühlen trotz meines Berufs geblieben bin.«

»Nein, hättest du nicht. Sie hat an dir gedreht und du warst echt zornig, erzähl mir nicht, dass es Taktik war!«

»Klar war ich wütend, ich kann aber beherrscht reagieren, wenn ich will.«

»Und du meinst, weil du ausgerastet bist, vertraut sie dir mehr?« Ich brösle den Sand aus meinen Brusthaaren.

»Sicher. Wirst sehen, Alter, ich frag sie dann.«

»Falls sie jemals wieder aus dem Meer steigt.« Ich schaue übers Wasser, beschirme mit der Hand die Augen.

»Ok, wann?«, antwortet Undine, als Ahmad abends beim Essen nachfragt, »deine Arbeit interessiert mich und vielleicht kann es mir was bringen.«

Er wendet sich an mich.

»Ich müsste mit Undine aber allein sein.«

Gerne wäre ich dabei gewesen im Hintergrund, dennoch füge ich mich. »Am Montag, wenn ich bei Fredo bin?«

»Schön. Undine?«

Sie nickt.

21. Die erste Sitzung

Ich habe weiche Knie, als Ahmad gegen zehn am Montagvormittag bei uns klingelt; Dennis ist schon im Buchladen. Was wird er mit mir anstellen? Er verbeugt sich in seiner clownesken Art, wir trinken Kaffee.

»Spielst du auch?« Er zeigt auf die Gitarre.

»Ich singe ein bisschen.«

»Gut! Singen befreit. Findest du nicht? Ich mache das auch gern.« Er beginnt Freddy Mercurys *Champions*, es hört sich grauenhaft an und ich muss lachen.

»Was denn, gefällt es dir etwa nicht?«, sagt er und reißt die runden Augen auf, »Na so was …« Ahmad zwinkert mir zu, dann wird er ernst, nimmt meine Hand. »Möchtest du mit mir arbeiten, Undine, bist du ganz sicher?«

Meine Schenkel fangen zu zittern an, ich halte sie mit der freien Hand fest. »Ich bin so nervös.«

»Musst du nicht sein. Du legst dich einfach lang und ich versetze dich in eine Art Schlaf. Ein Teil von dir bleibt aber wach, du hörst mich und kannst mit mir in einen Dialog gehen, heute vermutlich noch nicht, aber bei den nächsten Sitzungen, wenn du schon weißt, wie es geht. Es werden vielleicht längst vergessene Situationen aus abgekapselten Arealen deines Gehirns erinnert werden. Es kann aber auch sein, dass alles im Dunklen bleibt. Ich weiß es nicht. Kommt darauf an, wie weit du dir und mir vertraust. Was ich mit dir versuchen möchte, ist die Traumatherapie nach Peter Levine. Wenn etwas hochkommt, wird dein Körper es spüren und durch Bewegung entladen wollen.«

»Warum?«

»Wir gehen davon aus, dass ein Trauma zustande kommt, weil wir im Moment einer gefährlichen Situation nicht angemessen reagieren können. Ein Beispiel aus der Tierwelt: Beobachten wir eine Antilope, die von einem Löwen gejagt wird, stellen wir fest, zuerst greift sie zum natürlichen Fluchtverhalten, sie versucht zu entkommen. Sie mobilisiert sämtliche Kräfte und rennt. Das kann gelingen und sie ist gerettet. Ist der Löwe aber kräftig und schnell, wird er die Antilope einholen.

Was passiert? Das gejagte Tier sieht seinen Fluchtversuch für erfolglos an und wirft sich zu Boden. Es geht in die Immobilität, das heißt, sämtliche Funktionen erstarren. Die Antilope stellt sich tot.

Es ist möglich, in diesem Schockzustand tatsächlich zu sterben. Stirbt sie nicht, lässt sich weiter beobachten, dass nun der Jäger seine Beute beäugt.

Entweder er tötet sie oder lässt ab von ihr in der Meinung, sie ist verendetes Aas.

Wenn er sie tötet, spürt sie davon kaum etwas, da die Immobilität auch alle Empfindungen einfriert, also ein rascher, schmerzloser Tod tritt ein. Verliert der Löwe das Interesse und geht seiner Wege, löst die Unbeweglichkeit sich auf, das Tier beginnt zu zittern, sich zu schütteln, springt auf und begibt sich wieder auf Nahrungssuche, als wäre nicht das Geringste vorgefallen.

Wenn man nun beispielsweise einen Autounfall beobachtet, oder selbst in diese Lage kommt, fühlt man, wie die Starre, die Immobilität jegliches weiteres Tun lähmt und wir hilflos ausgeliefert sind. Bleiben wir in dieser Ohnmachtshaltung, stellt sich ein Trauma ein, das sich irgendwo in unserem Körper als Immobilität einkapselt und irgendwann nach Jahren seinen Weg nach außen sucht.

Günstig ist es daher, das Zittern und Vibrieren zuzulassen und nicht zu unterdrücken, oder bei Erster-Hilfe-Leistung das Opfer zur Bewegung zu animieren, soweit das möglich ist. Kommt Beweglichkeit, Vibration, Zittern auf, hält sich der traumatische Schock in Grenzen oder es entsteht von vornherein kein Trauma, da die Situation durch Mobilität leichter verarbeitet werden kann.

Ist ein Trauma bereits manifestiert, kann Körpertherapie dieses allmählich an die Oberfläche bringen und transformieren. Durch Entspannung im Trancezustand werden wir versuchen, die Immobilität aufzulösen, bessere Gefühle und Ansichten zu integrieren und damit das Erlebnis zu verarbeiten.«

»Und was passiert, wenn etwas Schlimmes hoch kommt, mit dem ich nicht fertig werde?« Ich habe nun richtig Angst.

»In dem Moment, wo etwas Unbewältigtes greifbar wird, können wir daran arbeiten. Alles, was wir verstehen, verliert seinen Schrecken, weißt du?« Ahmad nimmt mich an den Schultern und legt meinen Oberkörper sanft aufs Bett, hebt meine Beine an, ich liege ausgestreckt da, er deckt mich zu.

»Damit du nicht frierst«, sagt er, »schließe deine Augen und atme tief und dabei sanft, wie ein Strömen, ein Auf und Ab bis in den Bauch hinunter. Ich werde dich führen und ganz bei dir sein.« Seine Stimme wird tiefer und leiser, ich fühle mich schwer auf der Matratze, wie Bleigewichte sind Arme und Beine.

Ich kann Ahmad kaum verstehen, aber dann sagt er: »Casanova, böser Geck, nimmt mir meine Rosa weg …«

22. Rosa

Undines Lippen zittern, sie wirft den Kopf hin und her. Ich als Therapeut bin in ihrem Geist bereits in den Hintergrund getreten, ich frage: »Wo bist du?«

»In meinen Augenhöhlen bilden sich graue Schwaden, grüne Ringe, es regnet. Ja, Wasser tropft von den Haaren in mein Gesicht, oder nein, ich weine! Die kleine Nixe, die ich in Rosas Wohnwagen wütend an mich genommen habe, ist vollgesogen mit Wasser. Sie hat Casanova lieber als mich, kein Platz im Bett. Rosa …«

»Wo bist du denn, Undine?«

Sie murmelt: »Ich bin weggelaufen, mir ist kalt.« Ihre Stimme klingt wie die eines Kindes.

»Wie alt bist du jetzt, Undine?«

»Acht … ich bin acht … Papa hat Carla lieber … weggelaufen«, piepst sie. Schweißperlen stehen auf ihrer Stirn, sie verzieht das Gesicht widerwillig.

»Wo bist du denn hingelaufen, Undine?«

Ihre Beine zucken und sie wimmert.

»Ich hab ihre Nixe gestohlen … Rosa wird böse sein …«

»Rosa, wer ist sie, Undine?«

Ihr Körper vibriert und sie strampelt mit den Beinen.

»Ja, bewege dich, das tut gut, nicht wahr? Wer ist Rosa?«

»Ich kann nichts sehen, oh ja, ein großes Rohr aus Glas mit Wasser … es glitzert in vielen Farben … ein Zelt …« Sie lächelt, dann quellen aber Tränen unter den Wimpern hervor. Ganz still liegt sie jetzt, atmet kaum.

Ich finde, es ist genug für eine erste Sitzung und breche ab, indem ich Undine an den Schultern berühre und lauter spreche. »Du liegst auf dem Bett bei Dennis. Ich bin Ahmad und halte deine Schultern fest. Du hast geschlafen und nun wirst du langsam wach, während ich von Zehn bis Eins rückwärts zähle. Bei Eins bist du vollkommen wach und erfrischt.« Ich zähle. »… bei sechs spürst du deinen Körper richtig erwachen, fünf macht deinen Kopf klar, vier, deine Lider flattern ein bisschen, drei, du holst tief Atem und spürst, wie er bis zu den Zehenspitzen strömt, zwei, du weißt, ich sitze neben dir und du kannst dich ganz sicher fühlen. Eins! Du öffnest deine Augen und bist vollkommen da!«

Sie öffnet die Augen. »Was war?«

»Langsam, Undine. Wie geht es dir?«

»Mein Körper fühlt sich gut an, weich und entspannt. Ein kleiner Druck im Kopf hinter den Augen.«

Ich massiere ihre Schläfen, sie reibt sich die Augen.

Plötzlich sagt sie: »Rosa! Ja, natürlich, Rosa und der Zirkus.« Sie scheint ganz wach zu werden, setzt sich auf, zupft aufgeregt an meinem Shirt. »Ahmad, ich hab eben etwas herausgefunden. Es ist sehr wichtig!«

»Wer ist Rosa?«

»Irgendwas war zu Hause, ich bin weggelaufen, keine Ahnung. Jedenfalls kam ich zu einem Zirkus und dort war Rosa. Eine wunderschöne Nixe oder so ähnlich. In einem Glasbassin.«

Undine schaut mich mit zusammengezogenen Augenbrauen an. Es gibt anscheinend nur kleine Erinnerungssplitter, das macht sie sichtlich nervös, sie ringt nach Worten, gibt auf.

»Komisch, ich dachte, ich würde mehr wissen, aber je länger ich mich abmühe, desto schneller verschwindet alles.«

»Das ist ganz normal«, beruhige ich sie. »Im Laufe der gemeinsamen Arbeit wird vieles klarer werden von dem, was dich in Unruhe versetzt. – Rosa. Wollen wir versuchen, sie zu finden?«

»Ja!«, ruft sie, »Ja!«

23. Fabelwesen

Als ich an diesem Abend aus der Buchhandlung heimkehre, befindet Undine sich in großer Aufregung. Sie sprudelt heraus, wie die erste Sitzung mit Ahmad verlaufen ist.

»Endlich beginnen diese Bilder sich zu klären«, endet sie.

»Und jetzt sollen wir diese Frau finden?«, frage ich unsicher. Wie soll das gehen? Ich bin enttäuscht, denn meine Hoffnung bewegte sich mehr in die Richtung, besser Bescheid über Botazzis Rolle in Undines Kindheit zu wissen.

Wieder einmal scheint Ahmad meine Gedanken zu lesen: »Genau. Sie war erwachsen, könnte wissen, wie es Undine damals ging. Die werden ja miteinander geredet haben!«

»Ja«, Undine läuft auf und ab, »das haben wir bestimmt. Ich denke, sie ist nixengeboren wie ich.«

Ich schlucke. Die Idee ist wohl unverrückbar festgemacht. »Du bist ein Mensch, kein Fabelwesen«, sage ich.

Undine bleibt abrupt stehen. »Du wirst sehen, Dennis, du wirst schon sehen!«

Dann verlässt sie türknallend die Wohnung.

Ahmad richtet den Blick zur Decke. »Das war ja nun sehr intelligent, Alter.«

Ich will ihr nachlaufen, aber er hält mich zurück.

»Lass sie. Ihr scheint alle zu vergessen, dass sie kein Kind ist. Sie wird schon wieder kommen.«

Ahmad hat recht, warum kann ich mein Maul nicht halten. Deprimiert frage ich: »Und wenn nicht?« Unruhe füllt mich aus, »Ich will nicht, dass sie wieder zu ihrem Vater geht!«

»Das musst du ihr überlassen, Dennis.« Ahmad reibt sich die Augen, »ich geh schlafen, der Jetlag ist noch nicht überstanden.«

»Warte«, sage ich, »glaubst du, Rosa gibt es wirklich?«

»Ja.«

»Ich muss sie irgendwie finden, wenn sie noch lebt.«

»Das ist die leichteste Übung. Triest wird doch eine Bibliothek mit Zeitungsarchiv haben. Schau die Veranstaltungen vor vierzehn Jahren durch. So ein Zirkus wird doch angekündigt.«

»Bombenidee! Ich könnte auch Bellatesti fragen, ob er noch weiß, welche Jahreszeit ungefähr …«

Ahmad streckt sich und steht auf.

»Alles klar, das ist der nächste Schritt.«

»Und dann?«

»Wir suchen sie, ohne es Undine auf die Nase zu

binden. Das muss behutsam vorbereitet werden.«
Wir umarmen uns, dann bin ich allein.

*

Nachdem ich wütend fortgerannt bin, fahre ich zum Strand hinaus. Am Wasser sitzend versuche ich zu ordnen, was heute passiert ist. In irgendeiner Kammer meines Körpers versteckt sich eine Erinnerung. Ich kann sie fühlen, sie macht mich traurig, obwohl sie in Nebelschleier gehüllt ist. Ich hoffe, Ahmad hilft mir, sie eines Tages greifen zu können. Als Dennis mich vorhin Fabelwesen nannte, ärgerte es mich maßlos. Jetzt allerdings bin ich nicht mehr sicher, ob das stimmt, was ich fühle.

Die Abendsonne hängt glutrot im Wasser. Was, wenn ich tatsächlich verrückt bin, in die Klapse gehöre, wie Carla sagt? Unfähig ein eigenes Leben zu führen, wie Papa immer behauptet? Ich schwimme in das rote Licht hinein …

Dennis nimmt mich zärtlich in den Arm, kaum komme ich zur Tür herein. »Mensch, Undine, ich hatte Angst, du würdest sauer sein und nicht hierher zurückkommen. Magst du etwas essen?«

Ich will nur schlafen. Er legt sich zu mir, ich drücke mich an ihn und schließe die Augen.

»Ich liebe dich«, flüstert er.

24. Auf der Suche

Es ist früher Abend, als Undine eingeschlafen ist. Ich stehle mich hinaus und rufe Ennio Bellatesti von der Telefonzelle aus an.

»Es muss Anfang September gewesen sein, überraschend kühl und regnerisch. Wenn ich mich recht erinnere, war es ein italienischer Zirkus … seinen Namen weiß ich allerdings nicht mehr.«

»Danke, Dottore, das hilft schon. Noch etwas, wissen Sie, welches Verhältnis Carla zur Familie Bottazi hatte?«

»Sie war Undines Freundin, schon im Kindergarten.«

»Carla dürfte eine große Rolle in Undines Gedanken spielen.«

»Sie ist eine reiche, arme Frau, hat wohl kein Glück in Beziehungen, soweit ich das mitbekommen kann.«

Leise lege ich mich neben sie, höre ihre gleichmäßigen Atemzüge. Was ist es nur, was fesselt mich so sehr? Wir sind erst kurz zusammen, ist das bereits Liebe, was ich fühle? Ich bin immer langsam in diesen Dingen gewesen, aber Undine fegt als Wirbelsturm durch mein Herz. Ich muss mich ordnen, eine Auszeit wäre mir lieb, aber zu ihrer Familie will ich sie nicht zurückgehen lassen. Die Gedanken halten mich wach. Im Schlaf legt Undine mir ihren Arm auf die Brust. Nein, ich werde sie auf keinen Fall gehen lassen.

Ein Scheppern reißt mich hoch. Es ist schon Tag. Die Geräusche kommen aus dem Bad und ich stolpere schlafbetäubt nach draußen. Undine hockt am Boden, neben ihr die zerbrochene Seifenschale aus Porzellan. Sie sieht hoch zu mir, sagt: »Ich bin so ungeschickt.«

Erleichtert helfe ich, die Scherben einzusammeln.

»Guten Morgen. Was ist schon eine Seifenschale! Soll nichts Schlimmeres passieren.« Ich drücke einen Kuss auf ihre Stirn.

»Ich möchte gern mit Ahmad weitermachen. Findest du das okay?«, fragt sie beim Frühstück.

»Natürlich, mach nur. Er sagte, alles, was du nicht mehr weißt, kann auf diese Weise geklärt werden.« Ich drücke ihre Hand. »Es wird dich befreien.«

Während ich heute in der Buchhandlung arbeite, wird Undine meinen Freund abholen und ihm Triest zeigen.

»Als Erstes besorge ich dir eine neue Seifenschale«, sagt sie zum Abschied.

Fredo brütet über der Buchhaltung. Er benutzt ein altertümliches System. Eine dünne Holzplatte mit einer seitlichen Metallschiene, in die zwei handtuchgroße Bögen geklemmt sind, zwischen denen Blaupapier liegt.

»Doppelte Buchhaltung«, sagt er, »für einen Computer kann ich mich einfach nicht erwärmen.«

»Solange das Finanzamt es akzeptiert«, meine ich und wedle die Bücher ab. Irgendwann räumt Fredo seine Rechenarbeit weg, wir nehmen Kaffee und Quarktaschen zu uns.

»Fredo«, sage ich, »vor vierzehn Jahren im Frühherbst trat in Triest ein nationaler Zirkus auf. Du weißt nicht zufällig, wie er hieß?«

Er lacht. »Mein lieber Dennis, sehe ich aus, als hätte ich je derartigen Lustbarkeiten gefrönt?«

»War nur ein Versuch. Ich werde es schon rausfinden.«

»Geh in die Stadtbibliothek.«

Das würde ich morgen machen, ohne dass Undine es spitzkriegt, ich nicke.

Am nächsten Tag schleiche ich mich davon, ohne der schlafenden Undine eine Nachricht zu hinterlassen. Wie erhofft, finde ich wirklich im Veranstaltungskalender den Namen des Zirkus: »Rinaldino«. Fraglich ist, ob er noch existiert. Sein Winterquartier damals war in Udine gewesen.

Ich suche auf der Hauptpost im Telefonbuch nach. Es findet sich ein Eintrag: Revuetheater Brunetti.

»Ja, wir waren ein Tourneezirkus vor vielen Jahren, das ist richtig. Jetzt haben wir ein fixes Theater.«

Mein Herz klopft, ich kann kaum glauben, wie glatt das funktioniert. »Signora, erinnern Sie sich an eine Artistin von damals, die Rosa hieß?«

»Tut mir leid, ich bin erst seit ein paar Jahren hier. Aber wenn Sie möchten, frage ich nach. Wir haben noch einen Jongleur, der sehr lange dabei ist.«

Wir vereinbaren, dass ich mich morgen wieder melde.

Undine starrt mich säuerlich an. »Was haust du einfach so ab?«

»Ich musste etwas in der Bibliothek recherchieren, gestern war keine Zeit dafür«, sage ich, ehe sie mich mit Vorwürfen überhäufen kann.

»Für Fredo?«, nimmt Ahmad den Ball auf.

Ich nicke und mache Kaffee, setze mich mit der Tasse aufs Fensterbrett. Es ist trüb, kurz vor dem Regen.

»Was stellen wir heute an?«, frage ich und grinse die beiden aufmunternd an.

»Wie wäre es mit Venedig? O sole mio und so?« Ahmad greift nach meiner Gitarre, benutzt sie als Paddel, »Bella Laguna«, singt er.

Undine lacht. »Einverstanden.«

Sie lässt mich chauffieren, erklärt Ahmad alles Mögliche auf der Fahrt, während ich überlege, wie es wohl mit dem Auffinden von Rosa weitergehen wird. Was es bringen könnte, falls mir eine Kontaktaufnahme gelänge. Ich muss unbedingt mit Ahmad einen Schlachtplan entwickeln.

In Mestre parken wir, fahren mit dem Zug zum Bahnhof und von dort mit dem Vaporetto zum Markusplatz. Ahmad füttert die Tauben, ein glückliches Lächeln liegt auf seinen Lippen, wenn die Vögel sich auf seinen Armen versammeln. Undine schüttelt sich.

»Wie kannst du sie auf dir sitzen lassen! Die haben sicher Krankheiten!«

»Ach wo, du bist ein Feigling, Mädchen.« Er kauft noch ein Tüte Futter, lässt sich aus der Hand fressen. Als er endlich genug hat, spazieren wir zur Rialtobrücke, drücken uns auf dem Fischmarkt herum, wo Undine mit Hingabe rohe Röhrenmuscheln aussaugt. Das wiederum findet Ahmad ekelig. In der Nähe der Accademia suchen wir ein Restaurant auf.

»Und jetzt zeige ich euch das Guggenheimmuseum«, sagt Undine und treibt uns an.

Als wir in einem der Räume die Exponate von Max Ernst betrachten, seufzt Undine. »Er malt, was ich träume.« Sie versenkt sich in die Bilder.

Ahmad und ich besuchen den Garten, lesen die Namen der hier beerdigten Hunde von Peggy Guggenheim, rauchen.

»Was machen wir, wenn ich Rosa finde?«, frage ich ratlos.

Ahmad überlegt eine Weile, meint dann: »Wir müssen diese Dame in unsere Pläne einweihen, denke ich. Für Undine sollte es wie eine zufällige Begegnung sein.«

»Ich habe Schiss, dass sie ausrastet, wenn sie von dem Komplott erfährt, Alter.«

»Ach, Dennis, das müssen wir riskieren. Ich kann es ihr ja als therapeutische Maßnahme erklären. Das stimmt schließlich.« Er klingt zuversichtlich, aber ich habe Angst. Wir beenden das Gespräch, weil Undine aus dem Haus tritt und uns zuwinkt.

25. Reise in die Vergangenheit

Kaum betrete ich den Buchladen, stürzt Fredo mit flatternden Händen auf mich zu.
»Ein Revuetheater Brunetti rief eben für dich an!«
Nervös wähle ich die Nummer.
»Buon giorno, Signore Myers, ich habe gute Nachrichten für Sie. Antonio, der Jongleur, weiß den Namen der Künstlerin. Rosalia Fetucci. Sie hat sich vor Jahren zurückgezogen. In ihre Heimatstadt Grado.«
Überschwänglich bedanke ich mich. Fredo vibriert vor Neugier und ich erkläre ihm die Sache. Kaum bin ich fertig, ruft er die Auskunft an.
»Grado. Rosalia Fetucci«, sagt er zackig ins Telefon. Nach Sekunden schreibt er eine Nummer auf.
»Manchmal hat man Glück.« Er funkelt vor Energie, »soll ich vorfühlen?« Seine gichtigen Finger schweben über der Wählscheibe.
»Warte!« Ich laufe dreimal um den Schreibtisch herum, während ich überlege. Was, wenn diese Rosa kein Interesse zeigt? Feindselig reagiert? Und selbst wenn sie kooperiert, wie fädle ich ein Treffen ein, ohne dass Undine vorzeitig Wind davon be-

kommt? Ich stoppe und nehme Fredo den Hörer aus der Hand. »Ich muss das selber machen, danke für deine Hilfe.« Meine Hand zittert, als ich die Nummer wähle.

»Villa Rosalia, was kann ich für Sie tun?«, meldet sich eine tiefe Frauenstimme.

»Signora Fetucci?«

»Ja …?«

Ich stelle mich vor und frage: »Sie haben als Artistin beim Zirkus Rinaldini gearbeitet?«

Als sie »Nein« sagt, erschrecke ich.

»Sein Name ist Rinaldino«, setzt sie fort, »Ja, vor sehr langer Zeit. Warum wollen Sie das wissen?«

Ich erzähle ihr ohne Umschweife von meinem Problem.

Rosalia seufzt.

»Ja … das kleine, süße Mädchen. Es kommt mir vor wie gestern. Ganz deutlich erinnere ich mich. Und ich weiß bis heute nicht, warum sie verschwunden ist.«

»Haben Sie sich nicht gewundert? Ein Kind, das von zu Hause ausreißt? Was hätten Sie unternommen, wenn es geblieben wäre?«

»Ich war dabei, ihren Familiennamen herauszukriegen, sie vertraute mir. Ich hätte Kontakt zu den Eltern aufgenommen.«

»Ich möchte Sie sehen, Signora Fetucci, bitte.«

»Kommen Sie vorbei.«

»Fredo, ich muss nach Grado. Aber Undine soll es nicht erfahren. Noch nicht.«

»Nun«, er kratzt sich am Ohr, »vielleicht musst du in Grado eine Verlassenschaft für mich begutachten?«

Er zwinkert mir zu und ich umarme ihn.

»Sentimentaler Kerl«, brummelt er verlegen. »Los, ab mit dir! Wenn jemand nach dir fragt, sage ich Bescheid.«

So gern ich Ahmad mitnehmen würde, so klar ist mir, dass das unmöglich ist, denn spätestens dann wüsste Undine von der Hinterrücksaktion. Ehe ich in den Zug steige, rufe ich ihn bei Mario an und bitte, Undine heute gut zu beschäftigen.

»Klar, Mann, ich wünsche dir viel Erfolg. Falls was geht, beschwöre die Lady, dass sie sich an unseren Plan des Zufalls halten soll.«

Nur die Front mit dem Haustor, über dem »Villa Rosalia« in Stuckatur als Halbkreis geschrieben steht, ist sichtbar, denn zu beiden Seiten schützt eine dichte Hecke vor Einblicken in den Garten. Die Fassade leuchtet goldgelb und trägt Ornamente aus weißem Gips.

Ich ziehe an der Kette neben dem Eingang, ein Glockenspiel klingt. Die Melodie erinnert mich an die Szene mit der Puppe Olympia aus Hofmanns Erzählungen.

»Es ist offen! Kommen Sie nur weiter«, ruft jemand.

Ich trete ein. Ein Empfangsraum mit Rezeptionspult. Eine Frau um die Sechzig streckt mir die Hand entgegen. »Dennis Myers, nicht wahr? Möchten Sie Kaffee oder Tee?«

Ich drücke ihre Hand. »Kaffee, bitte.«

Sie zeigt mit einer eleganten Armbewegung auf die abgesessene Sitzecke in diesem Empfangsbereich. Katzen in allen möglichen Mustern und Farben streichen herum.

Lachend sagt Frau Fetucci: »Meine Mitbewohner. Sie leiden hoffentlich nicht unter Katzenallergie?«

»Nein, ich mag Katzen.«

Daraufhin geht sie in einen angrenzenden Raum und kehrt nach wenigen Minuten mit einer Kanne und Tassen zurück.

Jetzt erst bemerke ich ihr auffallendes Kleid; hellrot mit aufgedruckten goldenen Drachen. Dazu trägt sie eine Menge Goldschmuck um den Hals, an den Fingern und Ohren. Das Haar in einem schönen Schiefergrau ist zu einem Dutt zusammengehalten – auch mit einer goldenen Spange. Ihr Gesicht gefällt mir ausnehmend gut. Schmal und lang mit einem gelassenen Ausdruck und es leuchtet.

»Undine war acht, erzählte sie mir damals«, fängt sie an, ohne sich zu zieren. »Dann ist sie jetzt wohl eine junge Frau von zweiundzwanzig …«

»Ja, das ist richtig. Ich habe sie vor einigen Wochen kennengelernt und nun sind wir ein Paar.«

Rosa schenkt den Kaffee ein.

»Und Undine hat mich noch nicht vergessen?«, fragt sie lächelnd.

»Es ist nicht ganz so«, antworte ich und erzähle.

Ihr Lächeln erlischt allmählich.

»Ein Septembertag wie im November, kühl und regnerisch. Die Kleine ist zwischen den Wohnwägen herumspaziert und sah schrecklich traurig aus. Sie hat gefroren in dem dünnen Kleidchen. Es war nach der Abendvorstellung, ich bin vor meinen Wagen gegangen, um eine Zigarette zu rauchen und entdeckte das Kind. Fragte, was sie da treibt, ob sie jemanden sucht. Da lächelte sie mich an und sagte: ›Du bist die wunderschöne Nixe, ich suche dich.‹ Ich habe sie zu mir genommen, ihr heißes Zitronenwasser zu trinken gegeben. Undine …« Rosalias Augen sind feucht.

Ich nehme ihre Hand, wage nicht, sie zu unterbrechen, erhoffe Antwort auf alle Fragen, die mir auf der Seele liegen.

»Undine«, fährt sie fort, »sagte, dass sie fortgelaufen war, weil ihr Papa Carla lieber hätte als sie. Carla war ihre Freundin und es muss sexuelle Übergriffe gegeben haben, so wie sie das erzählte; ähnlich war es mir ergangen. Ich verstand so gut.« Sie holt ein Taschentuch aus ihrem Kleid und schnäuzt sich.

»Sie beschrieb, was ihr Vater zuerst mit ihr, dann mit dieser Carla machte, es war eindeutig Missbrauch. Ich ließ Undine bei mir übernachten und hatte mir vorgenommen, wenn sie zur Ruhe gekommen wäre, diesen Wüstling anzuzeigen.«

Es fällt mir schwer, ruhig sitzen zu bleiben, ich stemme mich fest gegen den Boden, um die Wut zu beherrschen.

»Am Telefon heute Morgen sagten Sie, Sie wollten damals die Eltern kontaktieren?«, frage ich.

»Ich war vorsichtig. Schließlich konnte ich nicht wissen, wer Sie sind.«

Ich nicke und erkläre Rosalia Fetucci den Schlachtplan, den Ahmad sich ausgedacht hat.

Pünktlich zurück in Triest setze ich mich ins Tommaseo, den vereinbarten Treffpunkt. Ich werde Fredo niemals seinen Einsatz vergessen. Als ich darüber nachdenke, wie ich ihm eine Freude machen kann, platzen Undine und Ahmad kichernd herein.

»Also das war jetzt lustig, Dennis«, sagt Undine und drückt einen Kuss auf meine Nase, »dein Freund ist ein Komiker!«

26. Villa Rosalia

In den Zypressen der Via Sacra reiben tausende Zikaden ihre Flügel, das Zirpen ist ohrenbetäubend. Die Sonne brennt vom Azurblau herab, die Luft flirrt. Zu dritt spazieren wir über die antike Römerstraße zwischen den Ausgrabungen von Aquilea.

Ahmad wollte den Platz, der in der Nähe Grados liegt, unbedingt sehen. Ich spüre Undines Ausgeglichenheit der letzten Tage wie erfrischenden Balsam für meine Nerven. Plötzlich zuckt sie neben mir zusammen, Ahmad hat ein Stöckchen hoch in einen der Bäume geschleudert. Sekundenlang verstummen die Zikaden, Stille weht durch die Landschaft. Lauter als zuvor setzen sie dann das Zirpen fort. Ahmad lacht.

»Hört ihr, wie sie sich aufregen über mich?« Er springt auf den Steinquadern herum und flachst herum: »Ein Kamel und ein Elefant treffen sich. Der Elefant sagt: Weißt du, dass du deine Titten am Rücken trägst? Das Kamel antwortet: Besser, als den Schwanz im Gesicht, mein Freund.«

Kichernd machen wir uns über den Picknickkorb her. Nach dem Essen liegen wir träge im schmalen

Schatten zwischen den Zypressen. Undine breitet sich eine der Decke etwas entfernt von uns aus.

»Ihr klönt mir zu viel, ich will eine Runde schlafen«, sagt sie und rollt sich zusammen.

»Ein schrulliges Mädchen ist das, Dennis. Schön wie Morgentau und ebenso zart. Gerade deswegen musst du ihr Paroli bieten, sie immer wieder in die Realität ziehen.« Ahmad kaut abwesend auf einem Grashalm herum.

Ich stöhne und rolle mich auf den Bauch. Gerade noch war es so friedlich, da kommt er mit dieser Sache an.

»Es ist manchmal schwer, sie driftet von einer Sekunde zur anderen ab, als würde sie aus ihrem Körper steigen, verstehst du? Kürzlich hat sie einen alten Freund ihrer Familie mit Vorwürfen vor anderen Badegästen buchstäblich zerlegt. Böse Worte … wäre ich nicht dazwischen gegangen, ich glaube, sie hätte ihn geschlagen«, sage ich widerwillig.

»Hm …« Ahmad spuckt den zerkauten Halm aus, betrachtet, wie ich, die schlafende Undine.

Zusammengekrümmt wie ein Embryo, die Arme um die Knie geschlungen liegt sie dort, den Mund leicht geöffnet, die Hände zu Fäusten geballt, die Stirn zu einer Steilfalte zusammengezogen.

»Und die Ritzerei! Mir wird schlecht, wenn ich daran denke, als sie in der Wanne saß und sich die Brüste verletzte.« Ich erstarre, denn plötzlich beginnt Undine im Schlaf zu singen! Auch Ahmad setzt sich kerzengerade auf. Er legt den Finger auf den Mund, robbt geräuschlos zu ihr hinüber.

Die zarte Melodie, die fremden Worte klingen leise durch das Zikadenzirpen, es dauert ein paar Sekunden. Das Lied erstirbt, Undine dreht sich um. Ahmad winkt mir und wir gehen ein Stück.

»Jetzt hast du es selbst gehört. Das ist unheimlich, Ahmad!« Ich fahre mir durch die Haare, die feucht vor Hitze sind, möchte sie mir einzeln ausreißen. »Diese Sprache kenne ich nicht. Was ist los mit ihr?«

Ahmad spürt wohl die Verzweiflung, von der ich dachte, sie los zu sein. Er legt den Arm um meine Schultern, drückt mich. »Sie allein weiß, was sie verletzt hat.«

»Huhu!«

Wir fahren zugleich herum – Undine winkt.

»Na? Wollen wir ein Quartier klar machen?« Sie läuft über den Platz, lacht und springt.

In Grado angekommen, bugsieren wir Undine unauffällig zur Villa Rosalia. Ahmad schreit vor dem Tor, an dem eine handgeschriebene Tafel mit dem Text: »Zimmer frei« hängt: »Das sieht ja voll romantisch aus! Was meint ihr?« Ich zucke die Achseln und schäme mich für das abgekartete Spiel.

»Hast recht, sieht nett aus«, meint Undine arglos und zieht an der Klingelschnur.

Das Glockenspiel ertönt. »Schön.« Schon zieht sie mich ins Haus.

Rosalia empfängt uns mit aufgesetzter Fremdheit. Nicht einen Augenblick verliert sie die Fassung, aber ich sehe das kleine Zittern ihrer Nasenflügel. Sie rafft die dunkelrote Seidenrobe, die aussieht, als wäre sie ein Relikt aus den Dreißigerjahren. Der schwere Goldschmuck klimpert bei jedem Schritt.

»Ich hoffe, Sie fühlen sich wohl hier«, sagt sie und geht uns voraus die Treppe nach oben.

Die Zimmer stellen sich als edle Salons mit Stofftapeten heraus. Die Möbelstücke sind mit Plüsch bezogen, ausladende Betten versprechen angenehme Nächte.

Bevor sie die Tür hinter sich zuzieht, scheucht sie eine dreifarbige Katze hinaus, die mit uns hereingeschlüpft ist.

»Wie eine Fürstin, nicht wahr?« Undine kichert.

»So ist das wohl in Europa«, sagt Ahmad und verschwindet in sein Zimmer nebenan.

Nach dem heißen Tag wollen wir duschen, ausruhen und uns in einer Stunde an der Rezeption treffen, um zum Essen auszugehen. Ich überlege im Bad, ob ich Undine auf das Lied ansprechen soll. Aber was brächte es, sie zu fragen? Höchstens schlechte Laune, die uns den Abend verdirbt.

»Fertig!« Ich halte ihr die Badezimmertür auf, sie küsst mich auf die Brust und huscht hinein, während ich mich auf dem Bett ausstrecke. Im Nebenzimmer rumort Ahmad, das ist tröstlich.

Nie hat es ernsthaften Streit zwischen ihm und mir gegeben. Seit dem Kindergarten sind wir unzertrennlich. Im wahrsten Sinn, denn wir gingen Hand in Hand zum Spielen, gemeinsam aufs Klo, keine Geburtstagparty fand ohne den anderen statt. Meine Eltern fanden sich damit ab, obwohl sie den Einwanderern aus Afghanistan gegenüber feindlich eingestellt waren und besonders Muslimen, wie die Familie meines besten Freundes, ablehnten. Ahmads Eltern hatten nicht die Mittel, ihn länger als notwendig zu finanzieren und er dankte es ihnen durch großen Fleiß. Er war ihnen ein guter Sohn. Sie waren stolz auf ihn und er liebte sie. Meine Freizeit verbrachte ich bei ihnen, fühlte mich dort aufgehoben und umsorgt. Nachdem meine Eltern sich daran gewöhnt hatten, war es ihnen ganz recht. So konnten sie tun, was ihnen Spaß machte: Fitness, Tennis, Gäste zum Cocktail einladen und auf Partys gehen, ohne einen Babysitter bezahlen zu müssen. Alljährlich zu Weihnachten ließen sie einen Geschenkkorb mit Lebensmittel zur Familie Ahmads liefern. Ein Dankschön sozusagen.

Ich zünde eine Zigarette an. Heute noch ist es mir peinlich, dass meine Eltern Menschen, die einen Lebensmittelladen hatten, Fressereien schickten.

»Gedankenlos …«

»Wer?«, fragt Undine. Mein Blick streift ihre Nacktheit. Seit sie mir ihr Geheimnis offenbart hat, zeigt sie ihre Brüste unbekümmert her. Die Entzündung ist abgeklungen, den Schnitt bedeckt die übliche Kruste, die bald abfallen wird.

»Komm her.« Ich breite die Arme aus. Mit Schwung hechtet sie auf mich, sitzt rittlings auf meinem Bauch.

»Na? Wollen wir?« Mit einer lasziven Geste steckt sie die Hand zwischen ihren Beinen durch und streichelt mein Glied. Es schwillt augenblicklich an.

»Ja, wir wollen«, flüstert sie und lässt sich auf meine Brust fallen.

Ahmad sitzt auf dem ausladenden Ledersofa im Rezeptionsbereich, als wir herunterkommen. Er legt die zerfledderte Illustrierte auf den Beistelltisch. Wir setzen uns und nehmen ihn dabei in die Mitte.

»Entschuldige, dass du warten musstest«, sagt Undine. Ihr Gesicht leuchtet, die Augen strahlen.

Ahmad lacht. »Allmählich fragte ich mich, wo ihr bleibt. Wenn ich dich ansehe, ist alles klar.«

Sie versetzt ihm einen Nasenstüber. »Du!«

Eine rotgetigerte Katze springt auf meinen Schoß und bohrt ihren Kopf in meine Achselhöhle. Ich kraule sie. Die *Fürstin* tritt aus einem Zimmer hinter der Rezeptionstheke heraus.

»Ah, Sie stimmen sich auf einen schönen Abend ein? Ticchio, belästige Herrn Myers nicht. Schmeißen Sie ihn runter, wenn er aufdringlich wird.«

»Er scheint mich zu mögen.« Ich mag das Schnurren von Katzen.

Die *Fürstin*, die Papiere auf ihrem Pult durchblättert, nickt. »Ticchio ist ein Charmeur und daher Vater unendlich vieler Kätzchen, die durch die Stadt streunen.« Sie blickt wieder auf. »Wie wär's, darf ich Sie auf einen Aperitif vor dem Essen einladen? Folgen Sie mir.«

Ich will Ticchio auf dem Arm mitnehmen, aber er springt zu Boden, stößt mit dem Kopf die Katzenklappe auf und verschwindet in der Nacht.

»Er muss noch ein paar Nachkommen akquirieren«, sagt Ahmad verständnisvoll.

27. Der Salon der Nixe

Hinter dem Tresen zwängen wir uns nacheinander durch die schmale Tür.

»Nehmen Sie Platz.«

Wir gruppieren uns um den runden Tisch inmitten des Wohnzimmers, während die Gastgeberin zur angrenzenden Küche geht.

Der Raum ist ebenso altmodisch und elegant eingerichtet wie die Gästezimmer, allerdings ragen Bücherregale an zwei Wänden auf. Durch das Fenster blickt man in einen verwilderten Garten. An der Wand gegenüber hängt ein monumentaler Ölschinken: Schaumkronen, Ozean und eine lächelnde Nixe, die sich in den Wellen wiegte. Ich will am liebsten sofort wieder gehen, das habe ich nicht vorausgesehen, da kommt die *Fürstin* mit einem Tablett zurück. »Ich habe uns Bellinis gemacht.«

Ahmad geht ihr entgegen und nimmt ihr die Gläser ab.

»Danke. Ein Getränk aus Aprikosenbrandy, Prosecco und Pfirsichschnitzen. Salute!«, sagt sie. Ich stoße mit ihr und Ahmad an, wende mich dann Undine zu, die die Nixe auf dem Gemälde anstarrt.

Das habe ich befürchtet! Ich schlucke.

»Ein schönes Bild, nicht wahr?« Rosalia Fetucci wendet sich Undine zu, legt die Hand auf ihren Arm. Undine atmet erregt.

»Ja, ein schönes Bild.«

»Ein Geschenk des Künstlers. Vor einigen Jahren verbrachte Giorgio, Student der Accademia Verona, hier seine Sommerferien. Jeden Tag trug er die Staffelei zum Strand. Abends zeigte er mir ein neues Werk. Auf jedem war die Nixe zu sehen.« Die *Fürstin* bewegt den Strohhalm in ihrem Drink, zartes Rosa färbt ihre Wangen, sie redet versonnen weiter. »Einmal fragte ich Giorgio, warum er Tag um Tag ans Meer ging; Nixen würde er dort nicht finden und das Wasser wäre immer gleich, das könnte er doch längst aus der Fantasie malen. ›Rosalia‹, antwortete er, ›du wirst es nicht glauben, aber ich sehe sie, diese Wesen. Wie sie auf den Schaumkronen reiten, spielen, ich höre ihren fremdartigen Gesang, ihr Lachen und auch das Schluchzen, wenn sie am Strand einen schönen Burschen sehen, aber ihm nicht begegnen können.‹« Sie nickt Undine zu. »Da haben Sie es besser getroffen, Fräulein Botazzi, nicht wahr? Giorgio sagte, die Nixlein könnten den Fischschwanz gegen Beine eintauschen.«

Undine scheint völlig fasziniert Rosalias Ausführungen zu lauschen, die fortsetzt: »Giorgio war besessen davon, dass eines Tages eine Nixe auf Beinen seine Wege kreuzen würde …«

»Und wurde seine Sehnsucht gestillt? Hat er eine getroffen?«

Die *Fürstin* errötet. Undine greift nach ihrer Hand und drückt sie.

»Au, Sie tun mir weh, Kind«, sagt Rosalia.

Ich beherrsche mich, will ruhig bleiben, meine Angst um Undine nicht zeigen. Ahmad sitzt mir schweigend gegenüber und wirft ihr hin und wieder einen Blick zu; es bleibt nichts übrig, als abzuwarten.

»Ich weiß es nicht. Nach dem Sommer sah ich Giorgio niemals wieder. Als er abreiste, überreichte er mir das Gemälde.« Rosalia massiert ihr Handgelenk, seufzt. Sie ist im Begriff aufzustehen, da sagt Undine: »Ich bin auch eine Nixe mit Beinen, Signora Fetucci.«

Ich rutsche tiefer in den Stuhl.

»Wir sollten essen gehen und die Signora nicht länger aufhalten«, sage ich. Meine Stimme klingt belegt. Undine wirft mir einen derart eisigen Blick zu, dass ich die Augen senke.

»Ich vertrete mir ein bisschen die Beine«, sage ich und fliehe vor die Tür.

Ticchio empfängt mich mit einem Maunzen und streicht um meine Füße. Ich stecke mir eine Zigarette an, inhaliere tief. Ahmad tritt neben mich, schubst mit der Stirn gegen meine Schulter.

»Hey, Bruder, krieg dich wieder ein. Das wollten wir doch, cool down.«

»Ja, aber ich habe Sorge um sie, verstehst du das nicht?« Ich werfe die Zigarette in die Rosmarinhecke.

»Du zündest Grado an!« Ahmad läuft zu den Sträuchern und holt den Stummel heraus, zerdrückt die Glut auf den Cottofliesen.

»Was ist denn mit euch los? Twilight Stimmung?« Undine kommt aus der Tür. »Rosalia lädt uns zum Abendessen ein. Sie hätte, wie immer, zu viel gekocht.«

Nachdem es ohnehin bereits beschlossene Sache ist, sage ich: »Also dann …«

»… wollen wir uns die Bäuche vollschlagen«, ergänzt Ahmad.

Ich streichle seine Glatze, Undine kichert und macht es mir nach.

»Hey! Finger weg, das darf nur meine Liebste!« Ahmad faucht wie ein Tiger.

»Ach ja? Es wird Zeit, dass du sie uns vorstellst«, neckt Undine.

»Schön wär's. Leider hat sich noch keine eingefunden.« Mein Freund überspielt die leise Bitterkeit seiner Worte mit einem Sprung, bei dem er in der Luft ein, zwei Schritte zustande bringt.

»Wissen Sie«, die *Fürstin* schöpft dampfende Minestrone aus einer Porzellanterrine auf die Teller,

»es ist nicht meine Art, mit den Gästen in engeren Kontakt zu treten, aber Undine und Sie sind etwas ganz Besonderes und ich freue mich über Ihre Gesellschaft.«

»Danke für die Einladung! Das ist freundlich, gnädige Frau.« Ahmad beginnt hungrig zu löffeln.

»Was Besonderes? Tja, so kann man es auch nennen.« Ich bemühe mich um einen höflichen und gleichermaßen spielerischen Tonfall.

»Delikat«, sagt Undine.

»Hmmm«, kommentiert Ahmad und zwinkert Rosalia zu. »Benötigen Sie eventuell einen Hausburschen? So könnte ich täglich Ihre vorzügliche Kochkunst genießen.«

»Mein Lieber, nachdem ich nur vier Zimmer vermiete, hätten Sie keinen ausgefüllten Tag. Sie würden in kürzester Zeit durchdrehen. Abgesehen davon versinken wir monatelang in den Winterschlaf. Im Gegensatz zum Sommer, da platzt das Städtchen aus den Nähten. Auch ich bin ausgebucht.« Sie steht auf, stapelt die Suppenteller aufeinander. Undine trägt sie nach nebenan.

»Deine Süße ist überaus eingenommen von der Lady«, sagt Ahmad. »Wie ein Hündchen folgt sie ihr. Aber das war unser Plan.«

Trotzdem spüre ich Ärger aufsteigen.

»Scheißnixenbild«, sage ich, »so war das nicht gedacht gewesen.«

Die beiden Frauen tragen den nächsten Gang auf: Rigati mit Pilzsugo.

»Umwerfend, Signora, Sie sind eine begnadete Köchin!« Ahmad stöhnt vor Genuss.

Rosalia lächelt erfreut. »Ehe ich die Pension eröffnete, lebte ich eine Zeit lang in Wien und war für die Küche des Hotels Imperial verantwortlich.«

»Wie kamen Sie dorthin?«, fragt Undine.

Die *Fürstin* winkt ab.

»Das ist die Geschichte einer großen Liebe, mein Kind. Und schon gar nicht mehr wahr. Dort jedenfalls lernte ich das Kochen. Zunächst als Zureichmädchen, dann arbeitete ich mich hoch zum Küchenchef.« Sie prostet mit dem Vino rosso de la Casa in die Runde. »Essen Sie auf, als Hauptgang kommt Osso Bucco, meine Herrschaften.«

»Unmöglich, ich kann nicht mehr«, sage ich und halte mir den Bauch.

Meine Stimmung ist umgeschlagen, das Essen, der Wein hat die Nerven beruhigt. Vielleicht ist alles doch nicht so schlimm. Und wenn schon! Dann ist Undine eben etwas eigenartig, warum nicht? Es können nicht alle Menschen gleich sein. Meine Liebe wird ihr helfen, die Fantasien mit der Zeit zu vergessen. Ich bin mir plötzlich sicher, dass es so ist.

»Aber es gibt dein Lieblingsgericht, Dennis«, sagt Undine, »das wirst du doch nicht auslassen?«

»Probieren Sie einfach, Herr Myers.« Rosalia füllt

meinen Teller. Ahmad verdrückt eine Riesenportion; ich wundere mich jedes Mal wieder, wo der kleine, zierliche Mann das alles unterbringt. Ich selbst esse, obwohl ich größer und kräftiger als er bin, höchstens halb so viel. Das Osso Bucco schmeckt gut, aber nach ein paar Bissen gebe ich auf.

Anschließend kredenzt Rosalia *Cynar* zur Verdauung. »Der hilft immer. Nimmt die Schwere weg.« Ihre Augen leuchten. »Schön, dass Sie meine Gäste sind.«

»Schön, dass wir hier sein dürfen.« Undine steht auf und umarmt für einen Moment die Ältere. »Ich muss mal«, sagt sie dann und verlässt den Salon.

Die *Fürstin* wartet, bis Undine die Tür hinter sich geschlossen hat.

»Das Mädchen ist nicht multipel, Herr Myers, nur weil ein Teil von ihr meint, Nixe zu sein. Ich sehe, wie sehr Sie das alles aufregt. Mich auch. Alles deutet auf ein schwach ausgeprägtes Selbstkonzept Undines …«

»Ja, eine Identitätsdiffusion.« Ahmad beugt sich vor, stützt die Arme auf den Tisch.

»Eine was?« Ich starre Ahmad an. Das hat er mir bisher verheimlicht. »Was ist das, verdammt?«

»Mann, cool down. Sie weiß manchmal nicht, wer sie ist und wo sie hingehört. Kurzschluss, verstehst du? Das weißt du doch schon!« Er wendet sich Rosalia zu. »Woher wissen Sie so gut Bescheid?«

Sie streicht sich die Haare aus dem Gesicht.

»Ich habe mich damit beschäftigt. Eine meiner Nichten verhält sich ähnlich, sie hat, bedingt durch einen Selbstmord in ihrem Beisein eine gewisse Aufspaltung ihrer Persönlichkeit … die Zeichen sprechen für sich; Undine flüchtet in eine andere Welt, weil sie traumatisiert wurde. Damals, als wir uns begegneten, war das schon klar mit dem Trauma. Aber, dass sie sich als Nixe wahrnimmt, muss erst später begonnen haben.«

Ich gehe vor ihrem Stuhl in die Hocke.

»Was kann ich tun? Wie kann ich ihr helfen?«

Unglücklich suche ich in ihren Augen nach Antworten.

»So gut war das Mahl, dass du vor Rosalia kniest?«

Undine lacht, verstummt sogleich. Es scheint, als nähme sie Witterung auf. »Was ist?«

Wir drei schütteln wie auf Kommando gleichzeitig den Kopf.

28. Bin auch nur ein Mensch

»Du flehst um das Rezept, mein Schatz?«
Ich lache verlegen und stehe auf.
»Ja, genau, für das Pilzsugo.«
Rosalia erhebt sich ebenfalls.
»Das kriegt er sowieso nicht hin, fürchte ich.«
Ahmad trinkt sein Glas aus.
»Was ist? Stürzen wir uns endlich ins Nachtleben? Ich will meine neue Frisur ausführen.« Er macht einen Sprung zur *Fürstin* hin, schließt sie in die Arme. »Grazie, grazie tante! Wussten Sie, dass wir Ihnen den Spitznamen *Fürstin* gaben?« Er schiebt sie auf Armeslänge von sich, hält sie aber fest, blickt ihr strahlend in die Augen. »Signora, ja, Sie sind eine Fürstin! Irrtum ausgeschlossen. Wir sehen uns morgen, nicht wahr?« Er saust aus dem Zimmer.
»Ein reizender Junge«, sagt Rosalia, ihre Wangen glühen.

»Viel ist da nicht los, von wegen Nachtleben«, nörgelt Ahmad, während wir über die Hafenpromenade schlendern.
»Stimmt«, sage ich. Vor allem Familien mit Kin-

dern besiedeln die umliegenden Restaurants und Cafés zwischen üppig blühendem Oleander in Weiß und Rosa. »Trinken wir irgendwo einen Espresso?«, schlage ich vor.

Undine geht Hand in Hand mit mir, erzählt von ihrem Gespräch mit der *Fürstin* über Nixen. Über die schneidenden Schmerzen in den Beinen der kleinen Meerjungfrau und dass sie ihre betörende Stimme dafür hergegeben hat, um bei ihrem Geliebten zu sein. »Sie sprach von Rusalka, die sich fühlte, als würde sie über Glasscherben gehen; der Preis für ihren Landgang.«

Ich unterbreche sie. »Da ist ein freier Tisch.«

Wir zwängen uns durch die engen Gänge und plumpsen erleichtert auf die Stühle. Unerwartet schnell kommt der Kellner und nimmt die Bestellung auf. Schrecklich laut und schrill durchdringt der Lärm mein überspanntes Nervenkostüm. Hoffentlich hört das bald auf! Ich wende mich Ahmad zu. »Scheußlich, was?«

Ahmad dreht den Kopf nach allen Seiten, hält Ausschau nach schönen Frauen. »Ich frag mal, ob es hier eine Disco gibt«, sagt er und schlängelt sich zur Bar durch.

Undine packt mich am Oberschenkel. »Weißt du, ich konnte mich so gut mit der Fürstin über alles unterhalten, bleiben wir noch einen Tag …«

Ja, klar, damit dieser Nixenblödsinn bloß weitergeht. Nachdem sich meine Hoffnung, Undine würde Rosa erkennen und damit einen Kick in die richtige Richtung kriegen, nicht erfüllt hat, will ich nach Hause fahren.

»Ohne mich!«, sage ich und schiebe ihre Hand weg, studiere angespannt die Eiskarte.

Ich höre, wie sie scharf die Luft einzieht.

»Spinnst du?«

Ich werfe die Karte mit einem Knall auf den Tisch.

»Hör zu, ich kann das Gefasel über Nixen heute nicht mehr ertragen. Hast du Schmerzen in den Beinen? Nein! Eben. Mehr sage ich nicht dazu.«

Der Kellner bringt die winzigen Tassen mit Espresso, hinter ihm kommt Ahmad daher.

»In der Lagune gibt's eine Art Tanzpalast, ich werde mal dorthin gehen.« Er wartet auf Antwort, sieht wohl, dass wir beide brodeln und zuckt mit den Achseln. »Schätze, ihr habt was auszutragen, da will ich nicht stören.« Mit einem Schluck leert er die Tasse und legt ein paar Münzen auf den Tisch. »Wir sehen uns.« Er verschwindet in der Menge.

Undine kramt in ihrem Beutel nach einem Taschentuch. Sie schnäuzt sich lautstark, schnieft.

»Du bist brutal«, sagt sie weinerlich.

Mit einem Ruck drehe ich Undines Stuhl zu mir.

»Hör mir zu.«

Ihr Blick ist zu Boden gesenkt.

»Schau mich an!«

Sie hebt die Augen mit flatternden Lidern.

»Ich bin brutal? Ich sag dir mal, wer brutal ist: Du! Du latschst über meine Gefühle weg, als wären sie … Scheiße.«

Undine fährt vom Stuhl hoch, plötzlich könnte ich mich ohrfeigen, was ist los? Ich habe sie lieb. Ich habe mir geschworen, geduldig zu sein. Ich habe es Ahmad versprochen. Sanft berühre ich Undines Arm.

»Renn bitte nicht weg.«

Sie bleibt stehen und weint leise.

»Undine, ich … ich liebe dich, bitte glaube mir. Ich habe schreckliche Angst, wenn du … wenn du, du weißt schon.«

Aber sie ist zu gekränkt, reißt sich los, geht ohne ein weiteres Wort davon.

Ich will ihr nach, besinne mich. Vielleicht braucht sie etwas Ruhe, weil ich Idiot noch den Finger auf ihre Wunde lege.

»Il conto!« Ich schnipse nach dem Kellner. Seit ich Undine kenne, befinde ich mich in einem unerträglichen Spannungszustand, bin gereizt, unaufrichtig, verhalte mich angepasst und habe keine Idee, wie es weiter gehen soll. Wenn ich mich, so wie jetzt eben, wie ein Hornochse verhalte, bin ich sie bald los und das will ich keinesfalls. Ich bin nicht gut auf mich zu sprechen, gar nicht gut. Bis der Kellner endlich antrabt, ist eine ewige Viertelstunde vergangen.

Gedankenvoll treibe ich mit dem Menschenstrom die Promenade entlang. Lande schließlich vor dem Tanzpalast. Bunte, kreisende Lichtstrahlen erleuchten im Rhythmus der Drums den Himmel. Die Körper der Tanzenden zucken zum Diskosound auf dem großen Podium. Ich suche Ahmad und Undine, die wohl hierher gelaufen ist. Doch beide sind nicht zu entdecken. Ich gebe auf, will eigentlich nur noch schlafen und gehe zur Villa zurück.

»Nanu?«, sagt Rosalia erstaunt.

»Die beiden sind tanzen gegangen, ich bin müde.«

Undines Gekicher weckt mich. Es ist zwei Uhr früh. Ich höre Ahmad vor der Tür völlig falsch singen: *»Bello bello e impossibile! Con gli occhi neri e il tuo sapor mediorientale …«*

Mit einem Sprung hechte ich zur Tür reiße sie auf.

»Geht's noch?« Meine Stimme kippt, als ich sehe, wie eng sie sich umarmen.

Wie ertappt weichen sie auseinander. Ich donnere die Tür hinter mir zu und es interessiert mich nicht, ob die Hausgäste aus ihren Betten fallen.

Wütend zünde ich mir eine Zigarette an. Unglaublich! Was fällt denen ein? Draußen ist es still. Dann geht die Tür auf. Ahmad. Ich drehe mich weg.

»Traust du mir das zu?« Er stellt sich neben mich ans Fenster.

Ich fixiere den nächtlichen Garten.

Meine Stimme klingt kalt in dem Zorn.

»Ich sehe, was ich sehe. Und das finde ich gar nicht komisch.«

29. Böser Geck

Ahmad setzt sich aufs Bett, greift nach meiner Zigarettenpackung auf dem Nachttisch.

»Seit wann rauchst du?«, frage ich, immer noch sauer.

»Seit jetzt. Nur jetzt!« Er steht auf und kommt erneut zu mir, schaut mich mit feuchten Augen an. »Wie kannst du so etwas denken, mein Freund.« Er hustet, tötet die Zigarette im Aschenbecher ab, den ich in der Hand halte. »Ich bin dein Freund. Undine ist so weit! Ich habe ihr Vertrauen gewonnen. Das ist alles. Schlaf gut.« Er verlässt das Zimmer.

»Na, Männergespräche beendet?«, fragt Undine, die gleich darauf hereinkommt.

Ich gehe aufs Klo und lege mich wieder hin, schließe die Augen. Will nicht diskutieren, schließlich habe ich das alles im Café provoziert.

»Gute Nacht.«

»Ja, gute Nacht.«

Nach einer Weile schlüpft Undine unter die Decke, drückt sich an meinen Rücken und umschlingt mich.

»Schlaf gut, Dennis.«

Ich sage lieber nichts mehr.

Obwohl ich tief und traumlos geschlafen habe, fühlt sich mein Körper zerschlagen an, die Nerven brüchig. Meine Eifersucht ist idiotisch. Sie würden mir das beide nicht antun … ich bin komplett durchgeknallt! Beim Zähneputzen begegnet mir mein Gesicht im Spiegel. Schmal und hohläugig, ohne Ausdruck, langweilig. Ich spucke aus. Leise ziehe ich die Tür hinter mir zu.

»Guten Morgen, Herr Myers«, sagt Rosalia, als ich die Treppe herunterkomme. »Tee oder Kaffee? Ein Ei?«

»Hi, Kaffee bitte, nein, kein Ei.«

Die *Fürstin*, in einem blumigen Hippiekleid, zeigt mir die Hintertür zum Garten. Der Kies knirscht unter meinen Sohlen, Katzen sitzen im Spalier am Wegesrand, den Schwanz elegant um die Vorderpfoten geschwungen.

»Ihr seid ja ein nettes Begrüßungskomitee«, sage ich, atme die frische Morgenluft ein und fühle mich plötzlich wohler. Die schräg stehende Sonne schickt hellgelbe Strahlen durchs Blätterwerk der hohen Platanen auf das gepflasterte Viereck im Rasen. Vier runde Tische sind weiß eingedeckt. Hellblaue Steinguttassen und Teller; mein Magen knurrt. Ich suche einen Tisch aus, der im Halbschatten steht. Kaum sitze ich, öffnet Ahmad die Tür, läuft im Joggingschritt herüber.

»Guten Morgen, mein Freund. Alles wieder gut?«, sagt er und drückt einen Kuss auf meinen Kopf, ehe er sich setzt.

Ich grinse. »Komiker. Es tut mir leid, ich war echt durch den Wind und ungerecht.«

Rosalia erscheint mit einem Tablett, stellt eine große Kanne mit Kaffee auf den Tisch, dazu Milch, Brötchen und Butter. »Mögen Sie Schinken, Käse oder lieber Marmelade; vielleicht beides?«

»Alles!« Ahmad streicht verlangend über seinen Bauch, lacht. »Heute kann ich Sie nicht *Fürstin* nennen, toll sehen Sie aus.«

Rosalia stutzt einen Moment, dann begreift sie. »Ach, das Kleid! Bevor Sie ankamen, war ich beim Bürgermeister auf einem Empfang eingeladen, deswegen. Heute war mir mehr nach Blumenkind.« Sie lacht und schenkt Kaffee ein, wirft mir einen Blick zu. »Geht es Ihnen heute wieder gut? Sie sehen ein wenig mitgenommen aus.«

Ich spüre, wie ich rot werde. Bestimmt spielt sie auf den nächtlichen Tumult an. »Ich entschuldige mich für den Krach, irgendwie ist mir die Tür aus der Hand gerutscht …«

»Ich bring gleich den Rest«, sagt sie und nickt mir freundlich zu. »Machen Sie sich keine Gedanken. Hauptsache, es geht wieder.«

Ahmad belegt sein Brötchen doppelt mit Pecorino und Salami, beißt hinein.

»Hmmm.« Er verdreht lustvoll die Augen.

Eine schwarze Katze mit weißen Ohren miaut und legt die Pfoten auf meinen Schoß. Ich breche ein Stückchen Käse ab, sie schnappt gierig danach, ihre Eckzähne kneifen in meinen Finger.

»Guten Morgen!« Undine winkt aus dem Fenster. »Ich komme!«

Sie betritt den Garten mit einer Kanne und einem Korb voller Brötchen. Nachdem sie ihre Last abgestellt hat, fällt sie seufzend auf ihren Stuhl. »Hach! Ihr Lieben, es ist einfach toll«, sagt sie und gießt Tee in ihre Tasse. Sie räkelt sich mit halbgeschlossenen Augen, dann wirft sie mir einen Blick zu.

»Und?«

»Was?« Ich heuchle Ahnungslosigkeit. Bestimmt erwartet sie eine Entschuldigung für heute Nacht. Die schwarze Katze hat es sich auf meinem Schoß gemütlich gemacht, ab und zu stupst sie mich mit der Nase an, verlangt ein Käsebröckchen.

Undine runzelt die Brauen. »Wie geht's?«

»Gut. Und selbst?« Ich nehme noch einmal Kaffee.

Unvermutet fängt Ahmad an ein Lied zu pfeifen. *Sledgehammer*. Unsere Gesichter entspannen sich. Fast gleichzeitig mit mir beginnt Undine zu lächeln.

»Oh, Ahmad …«, sage ich. Er ist ein rettender Engel, soviel ist gewiss.

Die beiden anderen Paare, die hier wohnen, kommen zum Frühstück und grüßen verhalten.

»Sicherlich sind sie aufgewacht«, flüstert Undine über den Tisch geneigt. Sie rollt mit den Augen und kichert. Dann sagt sie hörbar für alle: »Also wirklich! Wie mir der Windstoß die Tür heute Nacht aus der Hand gerissen hat …«

»Sturm?«, wendet sich eine der Frauen am Nebentisch an sie.

Undine nickt. »Ja, habt ihr das nicht mitbekommen? Wie ein Orkan! Nach ein paar Minuten war es wieder vorbei.«

»Nein, Sturm habe ich nicht gehört, aber Türenknallen. Komisch«, sagt die junge Frau.

Rosalia serviert den Gästen das Frühstück, setzt sich an ihren Tisch. »Ja, stürmisch war es, heute ist ein neuer Tag. Fahren Sie hinaus zum Tauchen?«

Sie unterhalten sich im Plauderton über ihre Pläne, stehen bald auf und verabschieden sich.

»Kommen Sie doch zu uns«, bittet Undine.

Als Rosalia an ihren Tisch kommt, holt Ahmad einen vierten Stuhl.

»Madame, s'il vous plaît!«

»Merci«, antwortet die *Fürstin*. »Belästigt Sie Adam? Er ist ein schrecklicher Vielfraß.« Sie gibt dem Kater einen liebevollen Klaps, der sich daraufhin in meinen Schenkel verkrallt und faucht.

»Uhh! Junge, nimm einen Baum zum Schärfen«, sage ich und streichle Adam, der die Dolche wieder einzieht.

Undine wendet sich an Rosalia. »Es ist schön bei Ihnen, wir überlegen, ob wir ein paar Tage länger bleiben …«

»Tatsächlich?« Sofort beiße ich mir auf die Lippen. Idiot, nicht schon wieder!

»Wir haben gestern davon gesprochen!« Undine blitzt mich aus den türkisblauen Augen an.

»Schon gut! Was ich sagen wollte, ich muss Fredo Bescheid geben und fragen, ob ich überhaupt wegbleiben kann, immerhin bin ich angestellt, oder?«

»Von mir aus können Sie gerne bleiben. Dienstag kommen allerdings neue Gäste an, dann benötige ich die Zimmer«, sagt die *Fürstin*. »Fahren Sie nach Venedig, wie Sie sagten und dann heim nach Triest?« Rosalia füllt Ahmads Tasse auf.

»Aber ja!« Ahmad spielt Gondoliere, indem er beide Arme mal links, mal rechts von sich schwenkt und *O sole mio* pfeift. »Die Bleikammern und Casanova. Venedig sehen und sterben. Außerdem werde ich auf den Spuren von Thomas Mann wandeln …«

»Ahmad, sei ruhig!« Undine kichert.

»Casanova …«, sagt Rosalia mit wehmütiger Stimme, »als ich noch beim Zirkus war, gab es einen Entfesselungskünstler, der sich Casanova nannte. Er trat in Kostüm und weiß gepuderter Perücke auf …«

Betont deutlich sagt Ahmad: »Beim Zirkus? Sie waren Artistin und Köchin im Imperial und nun

Zimmervermieterin. Was kommt denn noch alles?«

Ich beobachte Undine, ob sich irgendetwas in ihrem Gesicht regt beim Stichwort Zirkus, doch nein, sie trinkt unbekümmert von ihrem Tee, greift nach meiner Hand. Ich halte sie fest und der Kater flüchtet.

»Ich bin ein Zirkuskind und verbrachte mein ganzes Leben bis auf die letzten fünfzehn Jahre im Wohnwagen und der Manege. Als Casanova bei einem Unfall starb, ging ich fort. Er war mein Mann.« Sie rührt in ihrem Kaffee und starrt ins Leere.

»Oh, wie traurig«, meint Ahmad.

Rosalia zwinkert mit den Augenlidern, als würde sie die alten Erinnerungen vertreiben wollen.

»Jedenfalls hatte ich eine tolle Nummer. In einem großen Glasbassin, die Beine in einem Nixenschwanz, was die Arbeit erschwerte, machte ich Akrobatik, schwang mich an einem Seil, das in der Kuppel befestigt war, über und unter dem Wasser.«

Auf einmal spüre ich, wie Undines Hand erschlafft, mir entgleitet. Und alle meine Haare stellen sich auf, als sie sagt: »Casanova, böser Geck, nimmt mir meine Rosa weg ...« Wieder und wieder sagt sie den Reim mit monotoner Stimme auf.

Rosalias Gesicht wird fahl, mit einem Klirren stellt sie ihre Tasse zurück, schlägt die Hände vors Gesicht und stöhnt.

»Das arme Kind«, flüstert sie.

Ahmad kauert neben Undines Stuhl. Ich fange seinen Blick auf und verstehe sofort die pantomimische Anweisung, mit Rosalia ins Haus zu gehen. Ich lege die Hand um ihre Schultern. Die Katzen folgen uns.

Im Salon sinkt Rosalia auf den Lehnstuhl, neben dem auf einem Tischchen mit Intarsien ihre Lesebrille auf der Tageszeitung liegt. Ihre Wangen sind bleich unter den Rougeflecken und die Augen schwimmen in Tränen.

»Ich habe nicht damit gerechnet … der Reim … sie hat ihn mir als Abschiedsbrief hinterlassen, als sie so plötzlich verschwand, wie sie drei Tage zuvor gekommen war.«

Sie verstummt. Ich warte wie auf Nadeln, mehr zu erfahren, und hole ihr ein Glas Wasser aus der Küche. Sie trinkt und es scheint sie zu erfrischen, denn endlich holt sie Luft und spricht weiter.

»Casanova war damals mein Freund, wir heirateten erst später. Er beschwor mich, die Finger davon zu lassen, da wir nicht wüssten, ob das Kind sich etwas zusammenreimte. Er meinte, wir würden Scherereien bekommen, wenn wir uns in eine Sache einmischen, die uns nichts angeht. Undine konnte ihn nicht ausstehen, war eifersüchtig. Auf einmal war sie weg und hinterließ einen Zettel mit dem Satz: Rosa, du bist nicht besser als mein Papa, ich habe dich mit ihm im Bett gesehen. Darunter stand der Reim, den sie jetzt in meinem Garten singt und der mich krank macht!« Rosa steht auf und geht zum Fenster, ich folge ihr.

Undine liegt auf der Wiese, die Augen geschlossen, ihre Lippen bewegten sich. Was sie sagt, ist von hier oben nicht zu hören. Es muss aber schlimm sein, denn ihr Gesicht ist verspannt, die Hände krampfen.

»Oh Gott, lass sie das durchstehen«, fährt mir heraus. Rosa nimmt meine Hand und streichelt sie.

30. Der Vorhang hebt sich

Ahmad sagt: »Undine, atme und gehe zurück, weiter und weiter, bis du …«

Casanova, böser Geck, nimmt mir meine Rosa weg. Ich halte die Nixe fest an mich gepresst. Die Rosa ist gemein, sie mag den Casanova lieber. Er darf in ihrem Bett sein und ich muss auf dem Sofa schlafen. Und er küsst sie überall. Wie Papa die Carla. Dabei ist sie doch eine Nixe … wie sie wunderschöne Bewegungen macht mit der Flosse in dem durchsichtigen Wasserbecken im Zelt … ihr Busen von dem grünen, glitzernden Band bedeckt … und dann quetscht der Mann sie so fest zusammen. Papa macht das mit Carlas Po auch … und mich hat niemand lieb. Dann kommen die Männer und nehmen mich mit.

Irgendwo in der Ferne sagt jemand: »Du bist jetzt sehr klein, ein Kind. Welche Männer? Was machen sie mit dir?«

Es sind Polizisten, aber ich will nicht nach Hause, nein … aber sie nehmen mich mit … nass und so kalt ist es … die Bilder verschwinden und ich schlage die Augen auf, finde mich auf einer Wiese liegen,

Ahmad streichelt mein Haar. »Was ist los?« Mir ist schwindlig, »ich glaube, ich muss mich übergeben.« Er hilft mir hoch und stützt mich auf dem Weg ins Haus.

Im Rezeptionsbereich treffen wir auf Dennis und Rosalia, die mich so komisch ansehen. Wenn Ahmad mich nicht fest um die Taille hielte, ginge ich zu Boden. Blitze jagen mir durchs Gehirn. Ich schlinge den Arm um Ahmads Hals, er schwankt und Dennis kommt. Seine vertrauten Hände halten mich ganz fest.

»Bring mich nach oben«, sage ich. Meine Zunge ist schwer, als wäre ich besoffen.

Jedes Mal, wenn ich die Augen schließe, tauchten die wohlbekannten Bilder auf. Aber seit heute kann ich sie zuordnen. Dennis sitzt neben mir auf dem Bett, streichelt meinen Rücken.

»Schlaf ein bisschen«, sagt er.

Mir wird heiß, ich strample die Decke von den Beinen. »Ich sollte sie umbringen. Alle! Ich möchte auch tot sein.«

Er sieht mich erschrocken an, ich spüre, wie sehr er bei mir ist.

»Ahmad sagte zu mir: Sei Königin, Undine, dann bist du unbesiegbar. Dennis, sag du mir, wie ich es sein kann. Wie geht das?«

Er deckt mich wieder zu.

»Komm mit mir nach Chicago. Heirate mich.«

Ich weiß, dass er nicht spielt. Er meint es ernst. Ich liebe ihn.

*

Ich warte, bis Undine gleichmäßig atmet, ich sicher bin, dass sie eingeschlafen ist. Ihr Gesichtsausdruck ist selbst im Schlaf noch verspannt. Die Lippen zusammengepresst, mit einer steilen Falte auf der Stirn, geballten Fäusten liegt sie da, die Beine angezogen.

»Undine?«, flüstere ich. Sie rührt sich nicht. Vorsichtig schleiche ich mich hinaus, ich will von Ahmad wissen, was in der Trance passierte.

Sie muss weg aus Italien. Wie werden meine Eltern reagieren? Wenn ich Vaters Wunsch erfülle und ins Autogeschäft einsteige, müssen sie Undine akzeptieren.

Ahmad und Rosalia unterbrechen ihr Gespräch, als ich zu ihnen stoße.

»Sie ist durcheinander, aber schläft endlich. Was ist passiert, Ahmad?«

»Undine ist jetzt bewusst, was damals passierte«, erklärt er. »Sie glitt schnell in die Hypnose, weil sie sich in einem Trancezustand befand; der Name, der Reim hat sie in einen Regressionszustand versetzt, sie war das kleine Mädchen von damals. Undine wird, wie ich vermute, Fragen haben. Ich werde sie in den fünf Wochen, die ich hier bin, begleiten und unterstützen. Danach ...«

»Danach gehen wir alle nach Chicago«, sage ich.

»Das ist eine gute Idee, mein Freund.« Ahmad wirkt erleichtert und Rosalia hört auf, ihre Hände zu kneten.

»Ja, das wird das Beste sein«, sagt sie, »Undine muss raus aus dem Sog.«

Ahmad springt auf und klatscht energiegeladen in die Hände. »Und nun hätte ich gern einen Riesenpott Kaffee.«

»Kommt sofort.« Rosa schlägt den Weg zur Küche ein. Auf halbem Weg dreht sie sich um. »Soll ich mit Undine über die gemeinsame Vergangenheit reden?«

»Ich möchte mir zuerst ein Bild von ihrem Zustand machen; es ist ein Trauma, das nach und nach an die Oberfläche kommen wird, wenn sie mit mir arbeitet. Wir werden sehen, okay?«, sagt Ahmad.

Ich bekomme Angst, mein Bein fängt an zu zucken – das macht es immer, wenn ich mich fürchte.

»Es darf absolut nichts geschehen, was ihr schadet!«

»Hey, hey, cool down.« Ahmad beugt sich über mich und nimmt meinen Kopf fest in die Hände, blickt mir in die Augen.

»Sie hat früh in ihrem Leben Schlimmes durchgemacht. Wir werden behutsam mit der Therapie beginnen. Wenn ihr beide tatsächlich nach Chicago kommt, haben wir Zeit dafür. Es kann Jahre dauern.«

Ahmad ist der einzige Mensch, dem ich wirklich vertraue, mein Bein hört auf zu vibrieren, er lässt mich los und ich lehne die Stirn an seine Magengrube.

»Ich weiß. Ich bin völlig durch den Wind.«

*

Mein Magen knurrt, als ich aufwache, es ist sicher schon nach Mittag. Ich gehe zum Fenster. Dennis und Ahmad sonnen sich auf Liegestühlen. Jeder hat eine zusammengerollte Katze auf dem Schoß.

Ich bin überrascht, dass ich unter der Dusche keinen Schneidedruck spüre und versuche, die heute erlebten Gefühle einzuordnen. Wut ist da, ein übermächtiges Bedürfnis, Rache an Papa zu üben und Mama ein paar Fragen zu stellen. Wie hat sie es zulassen können? Oder wusste sie nichts davon? Ich hoffe, dass ich stark genug bin, meine Eltern zur Rede zu stellen; wütend genug bin ich dazu. Ich trockne mich ab, schlüpfe in ein Sommerkleid. Ein neuerlicher Blick in den Garten zeigt, dass Dennis und Ahmad sich nicht gerührt haben. Faulpelze.

In der Rezeption treffe ich auf die *Fürstin*. Sie lässt sichtlich erschrocken den Stift fallen.

Ihre Hände zittern, das Lächeln ist verkrampft. Ist sie es wirklich?

»Rosa?«, probiere ich und sie nickt.

Ich sage: »Es gibt keine Zufälle. Ohne deine Erzählung heute früh wäre das nicht passiert.«

»Es tut mir leid, was du alles durchgemacht hast.«

»Das braucht es nicht. Du hast keine Schuld, okay? Morgen reisen wir ab.« Unwillkürlich seufze ich. »Ich habe viel zu tun.«

Für einen Moment überlege ich, ob ich Rosa in die Arme nehmen will, stattdessen weiche ich zurück und lasse sie stehen.

»Ich sehe nach Ahmad und Dennis.« Meine Gefühle spielen verrückt, wieder beginnen Bilder aufzublitzen, Gesichter, die für Momente auftauchen, verschwinden, mein Kopf zerspringt gleich! Ich setze mich auf die Stufe vor der Gartentür. Ich benötige alle Kraft, um nicht loszuschreien.

31. Machtspiel

Ich höre die Tür und sehe, wie sich Undine zusammenkauert. Mit einem Sprung bin ich bei ihr.

»Hi, Dennis«, sagt sie, »hab nur ein bisschen Kopfschmerzen.«

Ihr Gesicht ist aber verzerrt, die Augenlider zucken, sie kaut auf der Unterlippe herum, schrill stößt sie heraus: »Ich will in die Stadt, irgendwo essen und gemütlich herumsitzen.« Sie zieht mich neben sich. Küsst mich so heftig, dass unsere Zähne aufeinanderschlagen.

»Bist du sicher?«, frage ich. Sie sollte besser ausruhen.

»Komm schon«, sie springt auf und läuft über die Wiese zu Ahmad, knufft ihn in die Rippen. »Du auch, Faulpelz!«

»Aua, aua«, jammert er los, hüpft aber auf, salutiert.

»Soldat Ahmad meldet sich zum Dienst!«

Beim Essen, das Undine in sich hineinschaufelt, als stopfe sie damit ein Loch, sagt sie mit vollem Mund: »Morgen fahren wir nach Hause. Ich möchte Verschiedenes klären.«

»Ist zu früh«, meint Ahmad. Er schüttelt den Kopf, greift nach Undines Hand, die eine weitere Gabel mit Gnocchi in den Mund schieben will. »Wir sollten erst noch ein paar Sitzungen machen, dich stärken, ehe du auf Konfrontation gehst.«

Da bricht sie in Tränen aus. Ich lege den Arm um sie, drücke ihren Kopf an meine Schulter.

»Halt mich fest, ja«, schnieft sie, »ich will nicht mehr ich sein. Wer bin ich überhaupt?«

»Du bist ein wunderbares Geschöpf, ich verspreche dir, du wirst es bald wissen«, sagt Ahmad sanft, während ich sie wiege. Langsam beruhigt Undine sich, wischt die Tränen mit der Serviette ab, schnäuzt.

»Machen wir morgen eine Sitzung?«, fragt sie mit piepsender Stimme. Ich kann kaum ertragen, wie sie leidet.

Undine drängt sich dicht an mich, sodass ich Mühe habe, Gleichgewicht zu halten. Wir spazieren die Promenade entlang zum Hauptplatz. Erst vor dem Bankautomaten lässt sie mich los. Nachdem sie die Geheimzahl eingetippt hat, leuchtet: *Falscher Code*.

»Das ist ausgeschlossen!«, ruft sie und versucht es, bis die Karte nicht mehr zurückkommt. *Die Karte wurde aus Sicherheitsgründen eingezogen, kontaktieren Sie Ihr Kreditinstitut.*

Undine tobt, tritt um sich. Ahmad und ich springen beiseite.

Sie hämmert gegen den Geldautomaten und auf einmal entlädt sich alles, was sie seit heute weiß. Sie brüllt: »Ich werde dich in kleine Stücke zerfetzen, Papa, und zusehen, wie du langsam krepierst, du Sauhund!«

Bald sind wir von Schaulustigen umringt, die flüstern und amüsiert grinsen.

»Komm jetzt! Vielleicht ist das Ding kaputt, reg dich ab«, bitte ich.

Ahmads Versuche, das Publikum zu verscheuchen, indem er finster um sich blickt, und »Andiamo« zischt, bleiben wirkungslos.

Schließlich zerre ich Undine weg und wir flüchten in eine schmale, dunkle Seitengasse. Sie flucht und schreit weiter.

Ich zische ein »Psst«, worauf sie sich losreißt und davonrennt. Wir hinterher. Undine läuft schnell, es sieht aus, als flöge sie die Straße hinunter und im nächsten Moment verschwindet sie um eine Ecke. Wir entdecken sie nirgends.

*

»Oh, meine Prinzessin!«

Papas Stimme trieft schadenfroh.

Ich schlage mit der Faust gegen den Münzfernsprecher. »Du hast mein Konto gesperrt!«

»Wo treibst du dich herum?«

Wie gut kenne ich doch alle seine Register. Beinahe sehe ich ihn vor Augen mit den aufmerksam hochgezogenen Brauen, die Lippen zu einem süffisanten Lächeln geschürzt. Schon spüre ich seine Hände auf meinem Körper und brülle in den Hörer: »Ich lasse es nicht mehr zu!«

Er lacht. »Dann wirst du ab jetzt dein Leben selbst finanzieren, mein Kleines.« Besetztzeichen.

»Arschloch!« Ich donnere die Tür der Telefonzelle zu, setze mich auf die Kaimauer neben eine Treppe, die abwärts zum Ufer führt und lasse die Beine hinunter hängen, sehe aufs Meer. Weit unter mir ist der Streifen Strand und das Gluckern der Wellen.

Ist es ein Zufall, dass Dennis in mein Leben trat? Ohne ihn hätte ich Ahmad nicht kennengelernt. Meine Fersen schlagen gegen die Kaimauer, trommeln gegen die rauen Steinquader. Die Haut platzt, ich spüre es, kann aber nicht aufhören damit. Der Schmerz tut gut. Da unten im Sand liegen meine Schuhe. Soll ich springen? Vielleicht bricht es mir das Genick aus dieser Höhe? Und wenn nicht? Querschnittsgelähmt für den Rest des Lebens, gepflegt von Papa, ihm nie mehr entkommen können.

»Nein, Papa, den Gefallen tu ich dir nicht!« Ich lache und spüre, wie Blut aus den Fersen sickert. Es reicht, ich ziehe die Füße auf die Mauer.

»Buona Sera«, sagt einer hinter mir und ich drehe mich um.

*

Ich stehe mit glühenden Lungen, die Hände auf die Knie gestützt und warte, dass ich wieder normal atmen kann. Ahmad lehnt keuchend an einer Hauswand.

»Das ist überhaupt nicht gut … in ihrem Zustand …«, sagt er bang.

»Ja, verdammt!« Wer weiß, was sie wieder anstellt! »Manchmal verfluche ich den Tag, an dem ich ihr begegnet bin …«

»Hey, mein Freund, es ist nicht die richtige Zeit zu jammern. Los, wir müssen sie finden!« Ahmad stößt sich von der Mauer ab, hustet, spuckt aus und setzt sich in Bewegung. Wir suchen die Altstadt ab, treffen auf streunende Katzen, manchmal lehnen sich Menschen aus den Fenstern über uns, weil wir Undines Namen brüllen.

»Das gibt es nicht«, sage ich, »sie kann nicht davon geflogen sein …«

»Sie ist sehr schnell. Vielleicht ist sie längst in der Villa?« Ahmad steckt den Kopf in einen Hauseingang.

»Okay, du gehst zu Rosa. Ich schau zur Promenade.«

Dort angekommen, suche ich sie in den Straßencafés. Die Anzahl der Gäste ist geschrumpft.

Ich laufe über die spärlich beleuchtete Uferstraße, lasse die Lokale hinter mit. Rechts von mir ragt der schwarze Pinienwaldstreifen auf, links glitzert das Meer im Mondsichellicht. Die Verantwortung klumpt sich in meinem Magen zusammen.

Vor Undine hat es ein paar flüchtige Affären gegeben.

Sie aber ist mir wie ein Blitz ins Herz eingeschlagen.

Ein paar Meter weiter entdecke ich im Schatten der Kaimauer zwei Körper. Unterdrücktes Wimmern ist zu hören.

»Undine?« Ich pirsche mich heran. Tatsächlich! Undine im Clinch mit jemand! Mit einem Wutschrei reiße ich den Kerl von Undine weg. Sie zappelt wie ein Fisch an der Angel, als spüre sie nicht, dass sie längst befreit ist. Ich schlage dem Mann fürs erste die Faust ins Gesicht, er sackt zusammen.

»Ich kastrier dich, Schwein!« Ich schlage nochmals zu, lass ihn liegen und gehe bei Undine in die Knie, nehme sie an den Schultern. Sie jammert, tritt nach mir, trifft meinen Magen, hört nicht auf zu strampeln.

»Undine! Hey! Ich bin's. Dennis. Mach die Augen auf, alles ist gut.« Ich ziehe sie in die Arme, ohne den schmächtigen Jungen aus den Augen zu lassen. Er ist höchstens siebzehn.

Endlich beruhigt Undine sich, öffnet die Augen.

»Dennis! Fast hat der kleine Mistkerl es geschafft.« Sie starrt ihn an. »Er setzte sich zu mir und wir plauderten ein paar Minuten. Plötzlich schubste er mich von der Mauer auf die Straße und wälzte sich auf mich. Mit seiner dreckigen Hand hielt er mir den Mund zu …«

»Ich bleibe da und du holst die Polizei«, knirsche ich empört und helfe ihr auf.

Sie nickt. »Jetzt werden sie alle büßen, Dennis. Alle!«

Als sie barfuß losläuft, rufe ich ihr nach. »Wo sind deine Schuhe?«

»Unter der Kaimauer im Sand! Ich könnte sie ohnehin nicht anziehen.«

Immer etwas Neues, aber ich will mir keine Gedanken mehr darüber machen und hocke mich neben den Burschen, der stöhnend an seinen Kiefer fasst. Meine Fingerknöchel schmerzen auch, ich habe hart zugeschlagen.

»Du bleibst liegen, verstanden? Eine falsche Bewegung und ich breche dir den Kiefer.« Von ihm kommt ein Schnaufen.

»Was geht in deinem Hirn ab? Bist du pervers oder will dich keine?« Der Junge presst die Lippen aufeinander und ich gebe auf, es hat keinen Sinn, einen Monolog abzulassen. Ich zünde mir eine Zigarette an. »Wenn du meiner Frau was angetan hättest, wärst du jetzt tot, Mann.«

Ich stehe auf und strecke mich. Was wird noch alles passieren?

Der Polizeiwagen braust mit blinkendem Blaulicht auf mich zu. Zwei Carabinieri springen heraus, im Scheinwerferlicht bedeckt der Kerl seine Augen mit den Händen, schluchzt trocken auf.

»Bitte …«, greint er.

»Sieh an, Marcello …« Der Beamte schüttelt den Kopf.

»Wenn Sie wissen, was er treibt, wieso lassen Sie ihn frei herumlaufen?«, fragt Undine, die aus dem Auto steigt.

Der andere Polizist wendet sich ihr zu. »Weil er unser Matto ist. Er erschreckt junge Damen.«

Ärgerlich kicke ich Steinchen in seine Richtung.

»Was sind das für verquere Ansichten? Meine Freundin ist fast umgekommen vor Angst!«

Undine legt die Hand auf meine Schulter. »Siehst du nicht, dass er nicht weiß, was er tut? Ein armer Kerl, das ist alles.«

Einer der Carabinieri zieht den zitternden Bengel auf die Füße. »Komm schon, entschuldige dich bei der Dame.« Er schubst ihn, Marcello stolpert.

Er weint und stammelt: »Ich hab nichts gemacht …«

»Schon gut«, sagt Undine.

»Also sehen Sie von einer Anzeige ab? Würde sowieso nichts bringen, das kann ich Ihnen sagen. Er ist entmündigt.« Der Mann deutet einen Vogel und lacht.

»Keine Anzeige«, antwortet sie und sieht mich fragend an, ich zucke mit den Achseln. Soll sie es halten, wie sie will, ich bin nur noch erschöpft und sehne mich nach einem Bett.

»Sollen wir Sie mitnehmen?« Der Carabiniere klatscht in die Hände und schreit den Verrückten an. »Also verschwinde schon! Irgendwann sperren wir dich doch noch ein!«

Marcello rennt.

Ehe wir losfahren, sammle ich Undines Schuhe am Wasser ein.

32. Missgeschick

Kaum betreten wir unsere Etage in der Villa Rosalia, erlischt das Minutenlicht.

Durch den Türschlitz von Ahmads Zimmer dringt noch ein Schimmer, ich klopfe, öffne, nachdem keine Antwort kommt. Mein Freund schläft in voller Montur, quer über das Bett gestreckt. Leise schließe ich wieder den Spalt.

Undine desinfiziert die Risse an ihren Fersen, klebt Pflaster darauf.

Ich rauche am Fenster.

»Ich kann es nicht nachvollziehen. Erst rennst du davon, dann bemitleidest du deinen Peiniger, schlitzt dir die Füße auf und verzichtest auf die Anzeige. Der arme Kerl … kann ja nichts dafür.« Ich verstumme, sehe sie erwartungsvoll an. Undine hat sich auf dem Bett zusammengerollt und gibt keinen Ton von sich.

Daraufhin trample ich ins Bad, knalle nachher die Tür zu. Sie dreht sich mit einem Lächeln zu mir um, ihre Lider bleiben geschlossen.

Ich krieche unter die Decke, schalte das Licht aus.

Meine Augen sind verklebt, mir kommt vor, nur wenige Minuten geschlafen zu haben.

Ahmad grinst. »Na, was ist? Zehn Uhr durch, das Frühstück wird kalt.«

»Ich bin tot, Mann.« Die Betthälfte neben mir ist leer.

»Wo ist sie?«

»Sie sitzt im Garten, spielt mit den Katzen, spricht mit Rosa. Hat mich geschickt, nach dir zu sehen. Du bist derartig nervös, Junge …«

»Wundert's dich?« Ich schlüpfe in die Jeans, fahre mir durchs Haar und spritze kaltes Wasser ins Gesicht.

»Bin ich ihr Bodyguard? Himmel noch mal!«

Gemeinsam laufen wir die Treppe hinunter. Plötzlich stolpere ich über eine Stufe, mir reißt es die Beine weg und mein Rücken knallt mit Wucht gegen die Metallkante. Ich schreie vor Schmerz und sehe nur noch Sterne. Rosalia und Undine stürzen zur Tür herein. Ich fürchte, mir beim Aufprall ein Wirbel gebrochen zu haben, denn ich kann nicht hoch, es tut wahnsinnig weh. Ahmad tastet meinen Rücken ab.

»Nein, alles noch dran.«

Die Haut ist über den Lendenwirbeln abgeschürft.

Undine hat die Hände auf den Mund gepresst. Die *Fürstin* kramt in einer Schublade und reicht Ahmad eine Dose mit Pferdesalbe.

»Das Beste für Verletzungen.«

Es brennt fürchterlich. Mit Ahmads Hilfe schaffe ich es, auf die Beine zu kommen.

»Schau nicht so blöd, Undine, pack lieber mit an. Wir fahren!«, sage ich gepeinigt und dann zu Rosa, »machen Sie die Rechnung fertig, bitte.«

Ich hinke in den Garten zum Frühstückstisch. Vorsichtig senke ich meinen Hintern auf den Stuhl, der gesamte Rücken brennt wie die Hölle. Ahmad, der mich begleitet hat, summt eine Melodie, die mir bekannt vorkommt.

»Was ist das?«

»Claire de Lune. Debussy.«

»Genau. Schau mal, wie mein Rücken aussieht.«

Ahmad schiebt das Shirt nach oben.

»Das wird ein riesenhaftes Hämatom. Kühl halten, mein Freund.«

Dann nimmt er die Summerei wieder auf.

Undine kommt heraus, in der einen Hand ihre Reisetasche, in der anderen ein Blatt Papier.

»Die Rechnung.«

Ich ziehe Geldscheine aus der Hosentasche, werfe sie auf den Tisch. Flink greift sie danach und sagt: »Claire de Lune.« Sie stimmt in Ahmads Summen ein, geht zum Haus zurück.

Ich bin über so viel Anteilnahme an meinem Schmerz begeistert und rufe ihr nach: »Undine? Vielen Dank für die Einladung!«

Ruckartig bleibt sie stehen, dreht sich um.

»Warum hörst du nicht auf damit?« Sie beißt sich auf die Lippen.

»Weil es mir Spaß macht«, gebe ich zurück. Ich bin stinksauer.

Mit gesenktem Kopf verschwindet sie im Haus.

»Dennis …«

»Was ist!« Ich stelle die Tasse klirrend auf den Unterteller zurück. »Sie hat gestern so viel Mist gebaut. Die macht mich fertig!« Ich versuche, den Rücken zu strecken. »Ich weiß gar nicht, wie ich im Auto sitzen soll.«

»Hör mal«, sagt Ahmad, während er meine Arme aufwärts dehnt, »du liebst das Mädchen. Und du solltest sie nicht trotz ihrer Schwächen lieben, sondern genau derentwegen. Sie ist gut für dich und wenn sie jetzt an ihren Verletzungen arbeitet, wird sie eine großartige, erwachsene Frau werden. Das weiß ich genau.« Er lässt meine Arme wieder nach unten gleiten. »Komm, tänzle ein bisschen, bewege dein Becken.« Er macht es mir vor.

Nach ein paar Schritten gebe ich auf.

»Geht nicht. Fahren wir einfach, okay?«

Als wir ins Haus kommen, sagt Rosa gerade: »Hier ist immer ein Platz für dich. Ich möchte, dass du das weißt.«

Sie streichelt Undines Wange.

»Weißt du, Rosa, ich habe noch was von damals …

ich trage sie immer bei mir. Willst du sie sehen?« Sie zippt die Tasche auf und holt die kleine Nixe hervor.

Rosas Augen werden feucht.

»Leb wohl, Undine. Eine gute Heimfahrt wünsche ich euch.«

»Und warum bist du gemein zu mir?« Undine fährt rasant wie immer.

»Kannst du etwas Rücksicht nehmen? Ich habe riesige Schmerzen!« Ich versuche eine halbwegs angenehme Sitzposition einzunehmen.

»Fahr halt du«, sagt sie spitz.

Ahmad im Fond meldet sich: »Gebt endlich Ruhe.« Er beginnt zu pfeifen.

Ich stecke eine Zigarette an, hoffe, damit den Schmerz zu betäuben.

»Ich mag nicht, wenn du im Wagen rauchst«, nörgelt sie und drückt wieder auf das Gaspedal.

Mir reicht es.

»Bleib stehen!« Nachdem sie nicht reagiert, brülle ich: »Sofort!«

Undine bremst vehement, ich rutsche beinahe vom Sitz, unterdrücke einen Schmerzenslaut. Wir befinden uns auf halber Strecke nach Triest. Ich reiße die Tür auf, steige mit zusammengebissenen Zähnen aus, knalle die Tür hinter mir zu und humple in Fahrtrichtung weiter. Undines wütender Aufschrei kratzt mich nicht, sie hat auch kein Mitgefühl für mich. Dann sagt Ahmad, als wäre ich taub, aber ich höre es genau durchs geöffnete Fenster: »Ich kenne ihn, er braucht etwas Distanz.«

Ja, ja, Herr Doktor Neunmalklug. Um nichts in der Welt würde ich wieder einsteigen!

33. Wie war es wirklich?

»Mistkerl!«, fluche ich so laut, dass Dennis es hören muss und ziehe an ihm vorbei. Im Handschuhfach finde ich Kaugummi, kaue darauf herum und stelle mir vor, ich zerbeiße ihm die Lippen. Was kann ich dafür, wenn er derart tollpatschig ausrutscht auf der Treppe von Rosa?

»Halt an, ich möchte mich neben dich setzen«, sagt Ahmad.

Ich stoppe, er steigt vorne ein und erzählt, wie er seinen besten Freund kennenlernte, damals im Kindergarten. Dass Dennis oft bei ihnen übernachtete. Und von ihrem ersten Besuch in der Disko. Als sie zusammen Schule schwänzten mit fünfzehn.

»Dennis ist ein guter Mensch.«

»Zu dir vielleicht …« Ich ärgere mich immer noch über seine Launen.

»Du stellst ihm schwere Aufgaben. Er liebt dich.«

Ich zucke mit den Schultern, dann muss ich kichern, er hat nicht unrecht. »Ich bin das Chaos!«

»Genau.«

Vor der Stadt stehen wir im Stau, es ist stickig und stinkt nach den Abgasen.

»Ahmad?« Ich fürchte mich. »Liebt er mich wirklich?«

Er nickt.

Das ist mir zu wenig. Stumm fahren wir zu Dennis Wohnung.

Er ist bereits zu Hause, als ich aufsperre. Was bin ich froh, ihn zu sehen, wie er auf dem Bett liegt, ein Kissen als Stütze unter den Rücken geschoben.

Ahmad setzt sich zu ihm, lacht.

»Wie? James Bond?«

»Nein, Alfa Romeo. Und der Typ war unheimlich nett, hat mich bis hierher gebracht.«

Ich ducke mich unter dem Blick, den Dennis mir gönnt.

»Ein Raucher.«

»Oh, Liebling, es war doch nicht so gemeint ...«, probiere ich und nehme dafür meinen ganzen Mut zusammen.

»Könntest du mir ein Glas Wasser bringen?«, fragt er.

Das bricht die Spannung und ich wage mich in seine Nähe, küsse ihn. Spüre erleichtert, wie seine Hand zärtlich meinen Hals berührt.

»Alles ist gut, nicht wahr?« Sofort ärgere ich mich über das kindliche Fisteln meiner Stimme. Genau der Tonfall, den ich Papa gegenüber anschlage, wenn er sauer auf mich ist. Ich hüstle und hole das Wasser.

»Klar. War eben wieder mal etwas viel auf einmal«, ruft Dennis mir nach. Ich liebe ihn!

Als ich das Glas bringe, versucht er, sich auf die Seite zu drehen, stöhnt leise. Es macht mich entsetzlich hilflos, ich schaue Ahmad an.

»An deiner Stelle würde ich es ansehen lassen, Dennis«, sagt er und klatscht in die Hände. »Wie wär's mit Essen? Ist schon Nachmittag. Soll ich was einkaufen?«

»Ich komme mit. Dennis, worauf hast du Lust?«

Dennis wälzt sich wieder auf den Rücken. »Keine Ahnung. Irgendwas Einfaches.« Er schiebt die Hand in die Hosentasche.

»Lass stecken. Ich lade euch ein«, sagt Ahmad und nimmt mich am Arm. »Madam, bereit? Schreiten wir zum Tempel Lukulls.«

»Wie stelle ich meine Eltern zur Rede, ohne dabei kaputtzugehen, Ahmad?«, frage ich ihn im Alimentari.

»Du solltest nicht allein sein dabei.« Er befühlt eine Avocado.

»Machen wir Guacamole? – Ich kann Dennis nicht mitnehmen. Könnte sein, er verprügelt Papa. Brot und Knoblauch brauchen wir auch.«

Eine der Früchte landet im Einkaufskorb.

»Ich begleite dich, hm?«

Ich falle ihm um den Hals. »Danke, Ahmad, ich werde dir das im Leben nicht vergessen.«

Nachdem Dennis weiß, dass ich wenig Ahnung vom Zubereiten von Nahrungsmitteln habe, gibt er uns Anweisungen vom Bett aus.

»Zu Hause habe ich oft für meine Eltern gekocht. Und gut. Manchmal allerdings spuckte ich in die Teller, ehe ich servierte, ein kleiner Racheakt für ihre Ignoranz.« Er grinst. »Mag sein, dass sie mich auf kommerzielle Art liebten, aber Zärtlichkeit gab es kaum. – Stopp! Vorsicht mit dem Öl!«

Plötzlich schreit er auf, wir stürzen ans Bett.

»Ich glaubte, ohnmächtig zu werden, weil ich den Arm hob«, jammert er.

»Ich rufe Dr. Bellatesti an. Das kann so nicht bleiben.« Der Schreck und die Sorge lassen meine Knie schlottern.

Eine halbe Stunde später untersucht Bellatesti Dennis, der reglos da liegt.

»Da ist etwas mit den Lendenwirbeln.« Er zieht eine Spritze auf. »Es könnte einer angeknackst sein. Ich werde rundherum Schmerzmittel injizieren.«

Endlich schläft er. Ich schreibe eine Nachricht und lege den Zettel neben das Bett, verlasse dann mit Ahmad die Wohnung.

»Er wird sauer sein«, sagt Ahmad auf dem Weg nach unten.

»Ach was. Das war er heute schon. Bestimmt ist er froh, wenn er mal seine Ruhe hat und du deinen Urlaub etwas genießen kannst.«

Ich sperre das Auto auf, er wirft seine Reisetasche nach hinten.

»Ha, die Ausflügler!« Mario lacht. Er kriecht auf mein Rufen unter einem alten Fiat hervor, die Hände schwarz vom Schmieröl. »Das sind die dreckigsten Viecher unter den Autos«, schimpft er, »nette Zeit gehabt?«

Zugleich nicken wir. Mario wischt sich mit einem öligen Lappen ab.

»Bier?« Er läuft in den an die Werkshalle angrenzenden Büroteil und bringt drei Dosen mit.

»Ich trag meine Tasche rauf, dann ziehen wir durch die Stadt«, sagt Ahmad nach einem Schluck.

»Wo habt ihr Dennis gelassen?«

Abwechselnd berichten wir.

»Mir kam er nicht so tollpatschig vor«, meint Mario.

»Ich glaube, wir sollten los.« Ich drücke Mario die leere Bierdose in die Hand. »Bis dann mal.«

»Hast du etwas vor?«, fragt Ahmad, als er aus der Wohnung zurückkommt.

»Ja, ich will es endlich hinter mich bringen.«

Als ob Ahmad es ahnt, meint er: »Wir wollten eine weitere Sitzung machen, ehe …«

»Ja, machen wir ja auch! Wir besuchen meine Freundin, keine Bange.« Vor der Villa bremse ich heftig – ich habe Angst – die Kiesel spritzen seitlich weg. »Hier wohnt Carla.«

Ahmad schluckt. »Bist du ganz sicher, dass du das möchtest?«

»Ja.«

Wie gewöhnlich empfängt Carla uns rauchend. Sie deutet mit dem langen Zigarettenspitz aus Teakholz auf Ahmad.

»Ah, der Freund aus Amerika!« Mir haucht sie einen Kuss auf die Wange. »Liebes, hast du dich erholt? Der letzte Besuch war ja nicht besonders.«

»Und wie ich mich erholt habe!« Ich bediene mich aus der Obstschale mit einem Apfel und erwidere ihr Lächeln. Sie wird heute ihr blaues Wunder erleben. Ich genieße ihre augenscheinliche Unruhe. Sie rennt herum und raucht sich schon wieder eine an.

»Nehmen Sie doch Platz.« Carla deutet auf den Lehnstuhl, Dennis hat darin gesessen, als ich in den Keller flüchtete.

»Sie wird dir schöne Augen machen, pass auf.« Ich beiße in den Apfel, es knackt.

Carla fährt herum. »Bist du gekommen, um mich blöd anzumachen?«

»Ach wo. War nur Spaß. Ich brauche … ehrliche Antworten.« Ich möchte Carla nicht reizen, bevor ich nicht sicher bin, und sehe sie versöhnlich an.

Carla, die im Grunde hinter all dem Getue ein gutes Herz hat, wie ich weiß, stürzt auf mich zu. »Ich war doch immer aufrichtig zu dir. So richtig belogen habe ich dich nie ... fast nie.« Unvermutet umarmt sie mich und es berührt mein Herz, ich breche in Tränen aus, ein zerbissenes Stück Apfel fällt mir aus dem Mund.

»Carla, bitte sag mir die Wahrheit. Hat mein Vater uns missbraucht? Ich meine, hat er ...?«

Carla versteift sich.

»Bitte.« Aus den Augenwinkeln bemerke ich, dass Carla Ahmad mustert.

»Ich habe keine Geheimnisse vor ihm.«

»Nun«, sagt Carla, »warum willst du jetzt noch aufwühlen, was längst vorbei ist?«

»Bitte!«

»Also schön, es gab nicht nur Fotoshootings mit uns.« Carla schüttelt ihr Haar zurecht, wendet sich an Ahmad: »Er hat aber nicht ... wir blieben jungfräulich dabei. Als ich ungefähr zwölf war«, sagt Carla, stützt sich auf den Marmortisch und starrt mich an, »schlief Bruno mit mir. Seither ... liebe ich ihn.« Sie ergreift mit zitternder Hand ihr Glas mit Whisky, trinkt.

Ich fühle mich schmutzig. »Ich habe euch gesehen«, flüstere ich. »Dann bin ich weggelaufen.« Mir ist übel, ich kann sie nicht ansehen und bedecke mein Gesicht.

Ahmad legt die Hände fest auf meine Schultern.

»Hat er auch mit mir ...?« Ich muss es wissen.

»Das kann ich dir nicht sagen, er sprach nie über

dich, wenn wir zusammen waren.« Carlas Stimme klingt brüchig. »Und ich vermisse ihn. Alle, die nach Bruno kamen …«

»Hör auf!« Ich schüttle Ahmad ab und jetzt bin ich es, die mit geballten Fäusten durchs Zimmer läuft, damit ich nicht losschreie. Es kann doch nicht sein, dass ich alles vergessen habe?

»Wieso weiß ich nichts davon? Ich kann mich einfach nicht erinnern. Ich muss das doch wissen!?«

Ahmad schüttelt den Kopf. »Nein, musst du nicht.«

Carla sagt: »Machen wir jetzt eine Therapiestunde zu dritt?«

»Such dir selbst einen Doktor«, antworte ich und zerre Ahmad hinaus, ohne ihr noch einen Blick zu gönnen.

»Du kannst jetzt nicht fahren.« Er nimmt mir den Schlüssel ab. Ich bin zu schwach, um zu widersprechen und steige auf der anderen Seite ein.

»Was ist los?« Dennis sitzt aufrecht im Bett. Natürlich merkt er, dass ich fertig bin. Ich kann nicht darüber reden, muss nachdenken und krieche ins Bett. Die Decke über dem Kopf, halte ich mir die Ohren zu, während Ahmad einen Bericht über den Stand der Dinge abgibt.

Ich möchte nur noch sterben.

34. Schmerz innen und außen

Seitdem Dr. Bellatesti mir vor ein paar Stunden das Schmerzmittel mit vielen kleinen Einstichen rund um das verletzte Areal injiziert hat, geht es aufwärts. Vorsichtig stehe ich auf, schaffe es, die Jeans hochzuziehen. Ahmad beobachtet mich.

»Und?«

»Geht. Die Magie des weißen Mannes«, sage ich, aber als ich mich bücke, ist der Schmerz wieder da. Ahmad bindet mir die Schuhe zu.

Undine liegt immer noch reglos unter ihrer Decke. Ich ziehe sie ihr weg, frage versöhnlich: »Wir gehen hinüber zu Alberto. Essen. Möchtest du mit?«

Kopfschüttelnd dreht sie sich zur Wand.

»Kannst du dich an Joan erinnern?«, fragt Ahmad und säbelt an seinem Schnitzel.

»Nein.«

»Aber sicher! Sie hat mit jedem geschlafen, der ihr über den Weg gelaufen ist. Uns eingeschlossen.«

»Ach, Joanie? Ist ja ewig her. Was ist mit ihr?« Joan hatte allen gezeigt, wie es geht. Ich weiß noch genau, wie ich mich nach den drei Sekunden geschämt hatte. Joanie meinte: »Nächstes Mal dauert es länger.« Es kam nicht dazu, ich verliebte mich in Mae aus der Abschlussklasse. Mit ihr verschmolz ich stundenlang.

Am Ufer des Michigansees durchliebten wir das Kamasutra; Mae hatte das Buch aus der elterlichen Bibliothek entwendet.

»Joanie war wie Carla. Dunkel, rassig.« Das Tiramisu verschwindet Löffel um Löffel in Ahmads Mund.

»Kann sein.« Mir vergeht die Lust auf meine Pasta.

»Sie trieb es mit dem Vater ihrer besten Freundin. Chloe, du weißt schon, die kleine Blonde mit der Zahnspange.« Er wischt sich den Mund ab, lehnt sich zurück und seufzt. »Der Mann landete im Kittchen, Joan war minderjährig.«

Was gehen mich die alten Geschichten an!

»Ich glaube, das wird alles zu viel für Undine. Ich halte nichts davon, dass sie ihren Vater zur Rede stellt. Wir sollten einfach nach Chicago fahren, es vergessen.« Ich bestelle Grappa. »Am liebsten würde ich Bruno kastrieren, glaube mir, Ahmad, aber es ist doch das Beste für sie, keine Konfrontation zu provozieren.«

Ahmad blickt mich zweifelnd an.

»Was ist?«

»Klar verstehe ich deinen Standpunkt.« Ahmad sucht anscheinend nach passenden Worten. »Unsere Erfahrungen haben gezeigt, dass Inzestopfer schwer dran zu tragen haben und ein Teil der Heilungschancen ist, den Täter vor Gericht zu bringen.« Er nippt an meinem Grappa, verzieht das Gesicht. »Es gibt nämlich immer eine Täter-Opfer-Vermischung. Das missbrauchte Kind fühlt sich schuldig. Es kann lange dauern, bis es versteht, dass es nichts dafür konnte.«

Ich kippe den Schnaps hinunter.

»Dann müssen wir da wohl durch.«

»Hm … *wir*. Undine. Es ist allein ihr Kampf.«

»Ich stehe das mit ihr durch.«

»Der Ritter errettet die Jungfrau aus den Fängen des Monsters. Oder wie?« Ahmad grinst schief.

»Und du willst mein bester Freund sein?« Ich bin zornig, enttäuscht, eifersüchtig. Als Ahmad auch noch die Augen verdreht, schlüge ich ihm am liebsten die Faust ins Gesicht.

»Du willst ihr helfen? Dann begleite sie nur vor die Tür. Mit den Eltern sprechen muss sie allein.«

»Ich gehe jetzt zu ihr, sie braucht mich. Du findest allein zu Mario?«

Ahmad hebt die Hand zum Gruß. »Wir sehen uns morgen. Ich bezahle. Schone deinen Rücken.«

Ich humple hinaus.

Es dauert, die Treppe hinaufzusteigen, das Schmerzmittel lässt nach, mir bricht der Schweiß aus. Undine ist weg. Ich schiebe die Hand unter die Decke, es fühlt sich kühl an. Sie muss schon länger fort sein. Ist sie zu den Eltern gefahren? Ich hätte sie nicht allein lassen dürfen. Sie hat die Gelegenheit ergriffen. Jetzt schwebt sie vielleicht in Gefahr. Ahmad hat ihr das eingeredet. Ich trete gegen den Kasten, Schmerz durchflutet meinen Rücken. Ich hinke zum Telefon, wähle die Nummer der Botazzis.

Mindestens zwanzig Mal klingelt es, ehe ich auflege. Bei Mario nimmt auch niemand ab. Noch einmal versuche ich es bei den Botazzis. Und wenn Undine Amok läuft? Mein Rücken schmerzt immer mehr, trotzdem haste ich aus dem Haus, winke einem Taxi und bitte den Fahrer, schnell zu fahren.

»Alarmstufe rot?« Der Afrikaner zeigt leuchtend weiße Zähne, dreht sich um. In dieser Sekunde flitzt ein Volvo aus der Seitenstraße heraus und kracht ins Taxi. Beim Aufprall explodiert ein giftgrüner Blitz in meinem Kopf.

35. Ich bin Königin

Ich sperre leise auf, die Diele ist finster. Aus dem Wohnzimmer dringen Stimmen, sie kommen aus dem Fernseher. Vor dem Zimmer zieht sich mein Magen zusammen vor Angst, aber Ahmad hat gesagt, ich muss es tun. Sie sitzen nebeneinander auf dem Sofa, Papa zieht an einer Zigarre, verschluckt sich und hustet. Mama springt auf, sobald ich die Tür ganz öffne, und kommt mit ausgebreiteten Armen auf mich zu.

»Endlich! Ich habe mir solche Sorgen gemacht, Kind.«

Bruno bleibt sitzen. Er lächelt.

»Ah, da ist ja meine kleine Prinzessin.«

Ich weiche Mama aus, auch sie ist mein Feind, ermahne mich selbst, mit kräftiger Stimme zu sprechen und wische die feuchten Hände an den Jeans ab. Ich stelle mich vor Bruno hin, irgendein Schlagerstar trällert ein plattes Liedchen.

»Ich bin nicht mehr deine kleine Prinzessin. Jetzt bin ich deine Königin!« Ha, das war richtig gut!

Er sieht mich an, pfeift durch die Zähne, nun hat er es kapiert.

»Nanu?«, sagt er.

»Pfeif du nur! Es liegt in meiner Macht, dich anzuzeigen, und das werde ich umgehend machen.«

»Bist du wahnsinnig geworden!«, ruft meine Mama.

Oh, nein, ganz und gar nicht!

»Danke, liebe Mama, dass du mich so gut beschützt hast vor dem geilen Bock.«

»Schluss jetzt!« Bruno steht auf.

Mit einem Mal kommt er mir klein vor und schmächtig. Sein Gesicht kennt nur zwei Ausdrücke: Charmantes Lächeln oder verzerrte Wut.

Dann erzähle ich alles, was ich mit Ahmads Hilfe herausgefunden habe.

Er stürzt sich auf mich und schlägt zu, bis ich auf dem Boden liege. Aber ich gebe nicht auf und schreie: »Du pädophiles Arschloch!«

36. Verhindert

Trotz der Schmerzen fühle ich mich wie in Watte gepackt. Ohne die Betäubungsmittel würde ich es nicht aushalten. Grünliches Licht schimmert. Oberhalb des Kopfendes ein Monitor, aus dem das Licht kommt. In meiner rechten Armbeuge steckt eine Nadel. Mit der anderen Hand taste ich meinen Schädel ab. Kein Verband. Am Trapez über mir hängt außer der Infusionsflasche ein Klingelknopf. Lautlos schwebt eine kleine, kugelrunde Inderin herein, das Weiß ihrer Augen leuchtet ebenso wie die Zahnreihen.

»Sind wach?«

»Ich habe Durst.« Die Zunge klebt mir am Gaumen.

»Was ist mit mir?«

»Sie haben Gehirnerschutterung. Arzt wird kommen morgen vorbei.« Die Schwester legt ihre kleine, braune Hand auf meine Schulter, reicht mir die Schnabeltasse mit schauderhaftem Tee.

»Wie spät ist es?«

»Vier Uhr fruh.« Sie tätschelt meine Brust.

Meine Beine fühlen sich steif an.

»Was ist mit meinen Beinen?«

»Arzt kommt in paar Stunden, jetzt schlafen.« Sie huscht davon.

Mir wird übel, ich versuche die Zehen zu bewegen, das Taxi! Undine! Alles ist wieder da. Die Nacht dauert eine Ewigkeit.

Der Chefarzt rennt zur Morgenvisite herein, gefolgt von seinen Untertanen. Er schüttelt meine Hand, stellt sich vor, sagt: »Sie haben eine Wirbelstauchung. Und eine Gehirnerschütterung.«

»Wie lange dauert das denn? Ich habe wichtige Dinge zu erledigen und …«

Der Chirurg zieht die Augenbrauen hoch.

»Ein paar Tage werden Sie sich schon gedulden müssen. Die Gehirnerschütterung muss beobachtet werden. Was die Wirbelstauchung betrifft, Sie werden ein bis zwei Wochen ein Korsett tragen, keinen Sport ausüben oder schwere Lasten heben dürfen.«

Den Rest höre ich kaum, so erleichtert bin ich. Eine Woche. Die Ärzte eilen zum nächsten Patienten.

Ich muss dringend Ahmad erreichen.

Allmählich verringert sich der Druck im Schädel. Seit dem Vormittag versucht eine Lernschwester, Mario für mich zu erreichen. Es ist zwei Uhr durch, als sie mit der Erfolgsmeldung zurückkommt.

Bald danach stürmt Ahmad herein.

»Mann, ich war schon halb verrückt vor Sorge um dich! Wieso hast du nur kein Handy?«

»Du musst dich um Undine kümmern!« Ich bin den Tränen nahe.
»Klar doch. Sie ist wohl zu ihren Eltern …?«
»Ich habe Angst um sie. Fahr jetzt, bitte!«
»Bin schon weg. Ich nehme Mario mit, wer weiß …«
»Genau.«
»Ich gehe jetzt. Bis dann.«

37. Bring ihn um

Die Haut meiner Unterlippe spannt um die blutverkrustete Wunde. Sei Königin! Das hat Ahmad gesagt. Mir tut alles weh, ich schnappe mir den Handspiegel auf dem Nachttisch. Bluterguss unter dem verschwollenen Auge. Gestern, als das Arschloch mich durchs Zimmer geprügelt hat, krachte ich mit der Schulter gegen die Kante des Couchtisches.

Mara steckt den Kopf zur Tür herein.

»Kann ich etwas tun für dich?« Ihre Augen sind gerötet.

Ich öffne den Mund, die Lippe platzt auf: »Bring ihn um.«

Natürlich keine Antwort, die Tür wird leise zugezogen. Ich setze mich auf, verlasse das Bett zum ersten Mal, seit Bruno mich, Liebesworte flüsternd, jammernd, wie leid ihm das alles tun würde, aufgesammelt und in mein Bett getragen hat. Lange saß er auf einem Stühlchen, nachdem ich ihn weggestoßen habe. Er wollte mir übers Haar streicheln, beschwor mich, die alten Sachen ruhen zu lassen, buhlte zuckersüß: »Du hast mich in der Hand. Du kannst mich ruinieren oder retten. Ich liebe dich, es ist ganz normal, dass ein Vater seine Tochter liebt.«

Ich habe mir nur mehr die Ohren zugehalten und »Geh raus!« geschrien.

Sei Königin, hat Ahmad gesagt.

Kaum stehe ich, wird mir schwindlig. »Mama!«

Die Tür öffnet sich sofort, sie ist wohl davor gestanden.

»Mir ist kotzübel, Mama. Hilf mir.« Kaum sage ich das, erbreche ich mich auf den Bettvorleger.

Mara rollt den Teppich zusammen, stellt einen Eimer vors Bett, in das ich zurückkrieche. Als es läutet, erstarrt sie.

»Ich habe nicht die Polizei gerufen. Vielleicht ist es Dennis.«

»Wenn er dich in diesem Zustand …«

»Mach auf, Mutter«, schreie ich sie an, »sonst gehe ich!«

»Oh nein!« Mario schlägt die Hände vor den Mund, als er hereinkommt.

Ahmad setzt sich aufs Bett und nimmt meine Hände, seine Augen scheinen zu brennen.

»Zieh dich an, wir gehen.«

»Wo ist Dennis?«

Ich heule los. Rotz, Tränen, Blut und Spucke rinnen mir in den Mund und ich zittere, weil die Anspannung jetzt loslässt.

»Ja, raus damit. Und dann gehen wir zur Polizei«, sagt Ahmad.

Zwischen den Schluchzern stottere ich wieder: »Wo ist Dennis?«

»Wir bringen dich zu ihm.«

38. Besuch

Gerade als ich mich beinahe zu Tode gelangweilt habe, kommt Fredo ins Krankenzimmer.

»Was für eine Überraschung.«

Der alte Mann lächelt, er trägt ein längliches Päckchen unterm Arm.

»Als das Krankenhaus anrief, dachte ich, jetzt trifft mich der Schlag.«

Er legt das Geschenk auf meinen Bauch.

»Ui, Gips«, sagt er und zieht den Besucherstuhl heran.

»Ein Korsett. Scheußlich.«

»Besser, als im Rollstuhl zu sitzen, oder?«

Ich nicke und packe aus. Grappa.

»Was sonst?«, lache ich.

Fredo kichert. »Gegen die Schmerzen.«

Er legt seine kühle Hand auf meine.

Nun muss ich Farbe bekennen: »Ich glaube nicht, dass ich weiterhin bei dir arbeiten kann, Fredo. Ich muss Undine von hier fortbringen. In meine Heimat.«

Nach einer Weile sagt Fredo: »Manchmal können wir nicht beeinflussen, was mit uns passiert.« Er klopft auf meinen Handrücken, geht zum Waschbecken und spült das Zahnputzglas aus. »Mach die Flasche auf, mein Junge.«

Wir trinken abwechselnd.

»Hmmm, jetzt eine Zigarette!« Ich vergehe vor Lust darauf.

»Wo hast du sie?«

»Vergiss es, die Schwester würde es merken.« Außerdem beengt das Korsett, ich würde nicht inhalieren können.

Nach einem weiteren Schluck sagt der Buchhändler:

»Ich habe noch etwas für dich.« Er legt mir ein Handy auf die Brust. »Wenn du etwas brauchst, melde dich. Ich kann mit diesem Zeugs nicht umgehen, nimm du es.«

Ich bin noch lange nach Fredos Abschied gerührt. Später rufe ich bei den Botazzis an. Mara stottert.

»Was ist los?«

»Es gab einen schlimmen Streit zwischen Undine und meinem Mann, entsetzlich …«

»Ich will mit ihr sprechen!« Mein Atmen wird gleich den Gips sprengen.

»Ihr Freund und noch ein Mann haben Undine mitgenommen.«

Ich klingle der Schwester.

»Helfen Sie mir aus dem Bett.«

»Signore Myers, um vier Uhr kommt die Physiotherapeutin, dann dürfen Sie aufstehen.« Sie hetzt hinaus.

Draußen scheint die Sonne am strahlend blauen Himmel, in mir regiert die Finsternis.

39. Die Anzeige

»Hat Ihr Vater das schon öfter getan, Signorina?« Die Polizeibeamtin betrachtet meinen Ausweis.

»Geschlagen hat er mich nur dieses Mal.« Ich suche Ahmads Blick, bereue, auf das Kommissariat gekommen zu sein. Die Frau ist unsympathisch und das kleine Büro stickig.

»Was meinen Sie damit?« Die Polizistin lispelt. Mager ist sie. Mit zusammengekniffenen Lippen starrt sie mich durch die Brille an.

»Dass er mich sonst nie geschlagen hat. Ich habe ihn wohl provoziert …«

»Undine?« Ahmad legt die Hände auf meine Schultern. »Es ist nicht deine Schuld«, sagt er.

»Ich ziehe die Anzeige zurück! Ich habe ihn schrecklich beschimpft und da ist er eben ausgeflippt.«

Die Beamtin schüttelt den Kopf.

»Ihre Verletzungen erfordern eine Anzeige, ich muss es tun, Ihr Vater hat sich strafbar gemacht.«

»Das dürfen Sie nicht, wenn ich nicht will!« Die Lippe blutet wieder. Mir wird schwarz im Kopf, ich spüre, wie ich schwanke, gleich werde ich hinfallen.

Ahmad drückt mich auf den Stuhl zurück.

»Doch, sie kann. Und das ist gut so, Undine.«

»Nein, nein, nein!« Mir wird schlecht, so schlecht.

»Signorina Botazzi, bitte beruhigen Sie sich«, sagt die Frau, »Können Sie irgendwo unterkommen? Sie sollten nicht zurückgehen.«

Ahmad mischt sich ein, denn ich kann nicht reden.

»Auf jeden Fall. In der Wohnung ihres Freundes.«

Die Tür geht auf.

»Ah, der Amtsarzt!« Die Polizistin ist sichtlich erleichtert. »Ein Fall von familiärer Gewalt. Die junge Dame wurde vom Vater so zugerichtet.«

Der Arzt, ein verknöchert wirkender, hagerer Mann, vermutlich kurz vor der Pensionierung, stellt die Tasche ab und rückt einen Stuhl neben mich.

»Darf ich?«, sagt er, ohne zu lächeln. Er berührt mein Kinn mit kalten Fingern und dreht den Kopf zu sich. Ich möchte ihm eine reinhauen.

»Außer den Gesichtsverletzungen noch etwas?«

»Nein.« Meine Stimme wimmert.

Zum Glück nimmt er seine Hände weg und holt ein Formular aus der Tasche, füllt es aus.

»Unterschreiben Sie.«

Ich denke nicht daran, verschränke die Arme vor der Brust.

»Bitte unterschreibe, Undine«, sagt Ahmad.

Ich stehe auf. »Das werde ich nicht tun!«

Der Amtsarzt wirft der Kollegin einen fragenden

Blick zu. Sie verzieht den Mund, sagt: »Jedenfalls hat die Feststellung der Verletzungen vor Zeugen stattgefunden. Signorina, Ihr Vater wird von uns hören. Sie können nun gehen, auf Wiedersehen.« Damit hält sie die Tür auf, Ahmad und ich gehen nach draußen, wo Mario auf uns wartet.

»Und? Alles klar?«

»Die Sache läuft«, antwortet Ahmad, während meine Angst vor Papa immer größer wird.

»Wir besuchen jetzt Dennis.« Ahmad legt den Arm um mich, aber ich stoße ihn weg.

»Du bist schuld an allem! Diese blöde Idee mit ›sei Königin‹! Das konnte nur schief gehen. Du kennst meinen Vater eben nicht.«

»Hey, hey, es war zu früh. Ich hatte dich ausdrücklich gebeten, noch einmal mit mir zu arbeiten, bevor du hingehst.«

»Mir ist übel«, sage ich und falle im selben Moment. Ich spüre, wie mich die beiden zum Auto tragen.

Ahmad bettet meinen Kopf in seinen Schoß.

»Es wird alles gut«, flüstert er.

»Ich will zu meiner Mama«, sage ich.

40. Unbeweglich

»Warum hast du sie nicht mitgebracht? Du weißt, wie ich darauf warte, sie zu sehen!« In meiner Wut ramme ich die Faust in die Matratze. Am liebsten würde ich losheulen in meiner Ohnmacht.

Ahmad setzt sich aufs Bett.

»Dennis, sie wollte unbedingt zu ihrer Mutter gebracht werden …«

»Na und? Sie ist doch nicht Herr ihrer Sinne!«

»Aber volljährig und nicht entmündigt, mein Freund. Hätte ich sie betäuben und entführen sollen?«

Ich kann Ahmad nicht aushalten, wenn er sich als Mister Doktor aufspielt. Nach einer Weile des hilflosen Schweigens zwischen uns sage ich: »Es macht mich rasend.«

»Mehr als an ihre Vernunft zu appellieren, konnte ich nicht, Dennis!« Ahmad wirkt gekränkt und irritiert; er stellt sich mit verschränkten Armen vor das Fenster.

»Und wenn Bruno sie dieses Mal totschlägt? Übernimmst du die Verantwortung?« Ich klingle, nehme den Finger nicht mehr vom Knopf, bis die

Schwester herein stürmt. »Ich gehe und übernehme die Verantwortung.«

Die Schwester rennt ohne ein Wort hinaus.

Ahmad dreht sich um, schüttelt den Kopf.

»Du kannst doch nicht einmal ohne Hilfe aufstehen, ich werde nach ihr sehen.«

»Du hast sie einfach zurückgehen lassen. Weil sie ja so erwachsen ist und allein durch muss!«

Der Arzt tritt ins Zimmer.

»Ich kann Sie keinesfalls entlassen, Herr Myers.«

»Wann?«

»Eine Woche hatten wir vereinbart.«

»Ich fahre zu Undine, bis morgen«, sagt Ahmad und verlässt gemeinsam mit dem Arzt das Zimmer.

Nun heule ich.

41. Die falsche Biografie

»Ich wünschte, ich wäre eine Nixe.«

Ahmad ist gerade gekommen, setzt sich zu mir und starrt mich an. Im Fernsehen läuft ein Zeichentrickfilm von Disney. Ich esse mit den Fingern aus einem Einmachglas Heringe, kann gar nicht genug bekommen davon.

Mama serviert Ahmad Kaffee und geht wieder. Nach dem nächsten silbrig glänzenden Fisch, den ich mit zurückgelegtem Kopf in den Mund rutschen lasse, erkläre ich dem Herrn Hypnosetherapeuten, was er mir angetan hat.

»Du hast mir das genommen, Ahmad. Ich weiß, mein Leben ist scheiße und es war ein Traum, eine Fantasie. Es macht mich schrecklich traurig.«

»Du meinst, du fühltest dich besser mit der falschen Biografie?« Er rührt Zucker in die Tasse.

Dagobert Duck rudert in seinem Goldtalerbunker herum.

»Wenigstens konnte ich Bruno als Adoptivvater lieben.« Ich lecke meine fischigen Finger ab. »Was macht Dennis?«

»Er wartet.« Ahmad neigt sich vor, nimmt mir die

Sicht auf den Film. »Schau mich an, Undine.«

»Ich kann nicht gegen meinen Vater aussagen. Vergiss es.«

»Das meinte ich nicht. Ich bitte dich, Dennis zu besuchen.«

»Sieh mich doch an! So nicht! Nie im Leben zeige ich Dennis dieses Gesicht.«

»Das ist lächerlich! Glaubst du, ich habe ihm verheimlicht, was …«

»Guten Abend.«

Papa steht in der Tür. »Was haben Sie wem verheimlicht, Herr Doktor?« Er lächelt schief, es erlischt, als er mich anschaut.

Ich kann es mir nicht verkneifen und sage: »Na, freust du dich darüber?«

Er zuckt mit den Achseln. »Meine arme, kleine Prinzessin, wenn du mich nicht angegriffen …«

»Halt die Klappe! Halt endlich deine Klappe!« Ich springe auf. »Sprich mich nie wieder an, hörst du?« Dann sage ich zu Ahmad: »Los, gehen wir.«

Er folgt mir durchs Zimmer. Als wir an Bruno vorbeigehen, tritt er widerspruchslos zur Seite, was ich ihm auch geraten hätte. Erst als wir im Flur sind, schreit er uns hinterher, der Feigling: »Pass bloß auf, Undine, hüte deine Zunge!«

Mara flüstert an der Eingangstür: »Er ist unberechenbar, lass die Polizei aus dem Spiel, ich bitte dich.«

»Zu spät, Mama.« Ich drücke einen Kuss auf ihre Wange, was kann sie schon dafür, und gehe nach draußen. Ahmad atmet erleichtert auf, ich drücke seine Hand. »Ich werde das schaffen«, tröste ich ihn.

*

Als ich Undine sehe, bleibt mir die Luft weg.

»Ich wollte es dir ersparen, Dennis, aber dein Freund war unerbittlich.« Undine legt ihre Wange an meine, sagt:

»Mein armer Liebling, wie geht es denn dir?«

»Shit! Ich bring den Kerl um. Eine ganze Woche muss ich noch bleiben, aber dann.« Ich streichle ihren Rücken, sie hat sich an meine Brust geschmiegt und schnieft erbärmlich.

Zu Ahmad sage ich: »Erwachsen, hm? Kümmere dich um sie, lass sie nicht aus den Augen. Bleibt in der Wohnung.«

»Sollen wir uns verbarrikadieren?«

»Spinner, du! Nein, im Ernst.« Ich schiebe die Hand unter Undines Gesicht, hebe ihren Kopf, damit sie mich ansieht. »Geh nicht nach Hause. Wenn ich entlassen werde, fahren wir in die Staaten. Ein neuer Anfang für uns beide.«

»Ja.« Ihre Augen leuchten, sie lächelt unter Tränen und ich frage mich, ob ihre Lippen sehr wehtun.

42. Alles Schmerz

Ehe wir in Dennis' Wohnung gehen, essen wir in der Trattoria gegenüber. Ich bestelle Fischcarpaccio.

»Wie kannst du nur unentwegt Fisch zu dir nehmen, Undine?« Ahmad verzieht den Mund.

»Ich habe eben meine Fischphase«, antworte ich und frage mich, woher plötzlich diese Gier kommt.

»Hast du das öfter?« Er löffelt die eisgekühlte Gurkensuppe, die der Kellner gerade gebracht hat.

Die hauchdünnen Fischscheiben schmiegen sich an meinen Gaumen.

»Ohne Öl, Pfeffer und Salz, ohne Zitrone?«

»Ich habe es gern naturbelassen«, sage ich.

In der kleinen Wohnung hüllt mich Traurigkeit wie eine dunkle Wolke ein. Ich lasse ein Bad ein, reiße die Jeans herunter, zerkratze meine Oberschenkel, bis es blutet. Die Wanne ist voll, das Wasser reicht mir zum Kinn, berührt meine Lippen, steigt bis über die Nase. Die Vorstellung, dass Bruno meinetwegen ins Gefängnis kommt, ist entsetzlich. Dass er mich gestern geschlagen hat, ich über dem Auge eine Narbe den Rest meines Lebens tragen werde, gezeichnet von ihm, ist ebenso entsetzlich. Was, wenn er sich rächen will für die Anzeige? Schnell schnappe ich nach Luft und tauche wieder unter in die weiche, warme Stille. Ab und zu gluckert es in meinen Ohren und ich höre das Blut rauschen.

Ich schreie wie am Spieß, werde aus der gluckernden Wärme herausgerissen und Ahmads verzerrtes Gesicht taucht wie ein Mahnmal vor meinem Gesicht auf. Er ohrfeigt mich sogar, ruft meinen Namen. Ich kämpfe gegen sein Gezerre an, platsche ins Wasser zurück.

»Was fällt dir ein!«, brülle ich wütend vor Schreck.

»Ich dachte … ich konnte ja nicht wissen, dass du nicht …«

»Dass ich nicht abgesoffen bin? Nein, natürlich nicht!«

Er schaut mich belämmert an, ich sage: »Hau ab«, und wickle mich in Dennis' großen, weißen Frotteebademantel ein. Im Zimmer frage ich Ahmad, warum er mich derart erschrecken musste. Er fährt sich über die Glatze.

»Hey, es sah tatsächlich aus, als wärest du … du warst völlig untergetaucht, regungslos!«

»Ach! Du bist ja paranoid«, antworte ich, immer noch perplex. »Könntest du Tee kochen?«

Ahmad grinst dankbar, wahrscheinlich, weil ich ihm nicht den Kopf abreiße.

Ich kuschle mich ins Bett, sehe ihm zu, wie er

Wasser aufstellt, sehe, dass er mich kaum aus den Augen lässt.

»Was ist? Entspanne dich. Mir ist zu kalt, um aus dem Fenster zu springen.« Ha, jetzt habe ich ihn erschreckt, ich fange zu kichern an. Er verdreht die Augen.

»Wo bewahrt Dennis seinen Schlafsack auf?« Ahmad durchsucht den Kasten. »Nichts.«

Ich schaue unter das Bett.

»Auch nicht. Wenn du mir versprichst, nicht herumzuschlagen, kannst du ja bei mir schlafen.«

Ahmad macht Kampfsportposen, wir lachen, dann summt die Gegensprechanlage. Sofort bekomme ich Angst. Es summt wieder, ich stürze ans Fenster, aber das Vordach versteckt den nächtlichen Besucher.

»Was sollen wir tun?«, flüstere ich.

»Fragen, wer es ist«, antwortet er.

Wieder summt es. Fordernd. Ich weiß genau, wer es ist und krieche unter die Bettdecke. Ahmad geht zur Tür, drückt auf den Sprechknopf.

»Wer ist da?« Er spricht englisch. »Es ist zu spät für einen Besuch, Herr Botazzi, Sie schläft. Kommen Sie morgen wieder.«

Auch wenn ich es schon wusste, überfällt mich jetzt ein rasendes Zittern. Ahmads Hand klopft auf mein Knie.

»Ich habe solche Angst«, wimmere ich.

»Du wirst dich noch wundern, meine kleine Prinzessin!«, brüllt Botazzi von unten, dann ist es still.

Zu still. Keine Schritte, kein Motorengeräusch. Ich verstecke mich unter der Bettdecke, Ahmad streichelt unaufhörlich meine Knie, aber es hilft einfach nicht gegen das Zittern.

Dann schrillt die Glocke an der Wohnungstür.

»Nein«, wispere ich.

Ahmad geht trotzdem in die Diele. Als es wieder langanhaltend klingelt, erschrecken wir beide. Dann wird gegen die Tür geklopft.

Und mit einem Mal schwindet die Angst und maßlose Wut breitet sich in mir aus. War vorher Kälte da, ist jetzt alles heiß in mir, ich schmeiße die Decke zu Boden, marschiere los, stoße Ahmad zur Seite, öffne sie so heftig, dass sie gegen die Mauer knallt. »Was willst du?«, sage ich leise.

Papa weicht zurück, damit hat er bestimmt nicht gerechnet. Ich mache einen Schritt auf ihn zu und tippe auf seine Brust.

»Wir sehen uns vor Gericht – verstanden?«

Er schnappt nach Luft, rührt sich nicht, das Gesicht aschfahl.

Ich ziehe die Tür sanft zu. Im Garderobenspiegel sehe ich meinen Triumph. Ahmad macht einen Luftsprung. Ich laufe zum Fenster, sehe Papa davon gehen. Er flucht, aber ich kann die Worte nicht verstehen.

»Großartige Leistung.« Ahmad applaudiert mir, verbeugt sich, ich spüre, wie ich rot werde.

»Du musst dich nicht schämen, es war wundervoll und mutig«, sagt er. Ich springe aufs Bett, hüpfe, lasse mich dann fallen. »Dass ich das geschafft habe …« Ich kann es nicht fassen.

»Du wirst noch mehr schaffen, jetzt bin ich mir sicher!« Ahmad wirft sich neben mich. Ich schaue ihm in die warmen, dunkelbraunen Augen.

Er sagt: »Dennis wird begeistert sein.«

»Ja.« Ich rutsche an den Außenrand meiner Betthälfte. Ahmad knipst das Licht aus.

43. Du schaffst es, Baby!

»Schwester, bitte geben Sie mir ein Schlafmittel.« Seit Stunden liege ich wach, die Beine kribbeln, die Lage zu wechseln ist mit dem beschissenen Gipspanzer unmöglich, und meine Gedanken kreisen unaufhörlich um Undine. Ab und zu schrecke ich auf, weil ich wohl für ein paar Minuten eingedöst war, und wieder wälzen sich schwermütige Gedanken durch mein Gehirn.

Die Nachtschwester kommt mit einem Gläschen zurück. »Trinken Sie das, der Schlaf wird bald kommen.«

Ich schlucke dankbar die goldgelbe Flüssigkeit hinunter, schüttle mich; es ist gallebitter.

Sie lächelt freundlich. »Wenn man sich nicht umdrehen kann, ist es besonders schwer, nicht wahr?«

»So eine Nacht ist wie eine Ewigkeit …«

»Als ob es niemals Erlösung gäbe«, vollendet sie meinen Satz. Sie hat dunkle Ringe unter den Augen, ich schätze sie um die dreißig. Links und rechts ziehen sich scharfe Falten von der Nase zu den Mundwinkeln.

»Ist es für Sie auch so?«, frage ich, froh, jemanden

zum Reden zu haben, um das Karussell im Kopf zu stoppen.

»Manchmal … wenn wenig zu tun ist, alle Patienten schlafen und das Nachdenken kommt, dann ja.«

»Ich würde so gern aufstehen und mich ein wenig bewegen. Helfen Sie mir?«

Sie blickt auf die Armbanduhr. »Das Medikament wirkt in einer halben Stunde. Also ja.«

»Legen Sie ihre Arme auf meine Schultern und verschränken Sie die Hände fest in meinem Nacken.« Sie zieht mich hoch, hält mich fest, bis ich die Krücken justiert habe. Ich mache ein paar Schritte, wie es mir die Physiotherapeutin heute Vormittag gezeigt hat. Die Schwester geht neben mir her, öffnet die Tür und ich nehme den langen Gang in Angriff, schaffe ihn zur Hälfte. Schweißgebadet. Der Rückweg ist kaum zu bewältigen, meine Arme zittern. Die Schwester hilft mir ins Bett. Ich bedanke mich erschöpft.

»Bestimmt schlafe ich gleich ein.«

Sie deckt mich zu, wünscht eine Gute Nacht und huscht hinaus.

Der Druck auf der Blase weckt mich, meine Augen sind ganz verklebt. Überhaupt ist mein Körper wie betäubt vom Schlafmittel. Ich versuche, die Klingel zu erreichen, aber mein Arm gehorcht nicht. Schon spüre ich die warme Nässe zwischen den Beinen und schäme mich.

Das nasse Gefühl wird dumpf und ich tauche in den Schlaf ab. Muränen schnappen nach meinen Beinen, ich paddle, ohne vom Fleck zu kommen, das Wasser verwandelt sich in zähe Materie. Undines fahlweißes Antlitz zieht an mir vorüber, ihr meterlanges schwarzes Haar windet sich wie Tang im Blaugrün. Vom Hals abwärts ist sie Fisch.

»Herr Myers!«

Jemand schüttelt mich wach.

»Sie wecken die ganze Station auf!« Es ist die Nachtschwester, die sich über mich beugt.

»Das muss ja ein schlimmer Traum gewesen sein!« Sie legt die Hand auf meine Stirn.

Unter meiner Decke ist es feucht, ich stammle mit dicker Zunge: »Grauenhaft. Es ist … ich habe ins Bett, Entschuldigung.«

»Das passiert schon mal.«

Mit frischem Bettzeug kommt sie zurück.

»Sehen Sie, schon wieder in Ordnung. Schlafen Sie noch ein wenig.«

Ich will wach bleiben, denn kaum schließe ich die Augen, erinnere ich mich an die Traumbilder. Ich wähle meine Nummer, es ist erst sieben, aber ich bin schrecklich unruhig.

»Bei Myers?«, meldet sich Undine endlich.

»Myers. Morgen, Süße. Na, wie geht es euch?«

»Oh, Liebling, es geht so. Ahmad beschützt mich wie ein Bullterrier.«

»Aha«, sage ich, »wovor denn?«

»Es ist etwas passiert, du wirst es nicht glauben.«

Sie erzählt mir das nächtliche Abenteuer mit ihrem Vater.

»Du bist großartig, Undine, Respekt!«

»Wir frühstücken schnell und fahren los.«

Hat sie es dem Schweinehund tatsächlich gezeigt! Ich bin begeistert.

44. Das Kind in mir

Beim Duschen denke ich erneut an Papa und wie ich ihn behandelt habe. Im Spiegel sehe ich den Riss auf der Unterlippe. Er heilt schon und auf der kleinen Wunde oberhalb der Braue hat sich Schorf gebildet. Als ich die Stirn in Falten lege, platzt die Kruste. Die Haut darunter leuchtet hellrosa. Ich sehe meine vernarbten Brüste, mir wird schummerig, hebe den Blick, begegne meinen Augen im Spiegel und suche das Kind in mir. Wie von selbst öffnet sich mein Mund und heraus perlt eine, mir gänzlich unbekannte Melodie in einer Sprache, die ich nicht kenne. Die Melodie rührt mich zu Tränen und ich schlage mich auf den Mund, damit sie verstummt.

Als ich aus dem Bad komme, lehnt Ahmad am Türrahmen zum Wohnzimmer, eine Tasse mit Kaffee in der Hand. Er schaut mich groß an.

»Was für ein schönes Lied …«

»Es kam auf einmal aus mir heraus. Ich kenne seine Bedeutung nicht, also frage mich nicht danach.«

»Wir könnten es gemeinsam erforschen. In einer Sitzung.«

Was, wenn noch etwas Grässliches in mir schlummert? Ertrage ich das noch? Ja, ich muss das wissen! »Wir machen das nach dem Besuch bei Dennis«, sage ich.

Ahmad nickt. »Sobald Verdrängtes aus der Unbewusstheit heraustritt, kannst du lernen, damit zu leben. Es ist alles im Körper und in der Seele gespeichert …«

Ich will das jetzt nicht erörtern, will zu Dennis.

»Komm, fahren wir«, unterbreche ich ihn und schlüpfe in die Schuhe.

Dennis' Zimmer ist leer, die Schwester sagt, er sei beim Röntgen. Als er hereinhumpelt, strahlt er.

»Übermorgen komme ich heim! Das Korsett muss ich noch zwei Wochen tragen, dann ist alles gut.«

Ich sehe ihm an, dass er plötzlich an meine nächtliche Auseinandersetzung mit Papa denkt, schon sagt er: »Ich bin schwer beeindruckt, Undine.«

Ahmad hilft ihm ins Bett, ich setze mich zu Dennis und streichle ihn, sage: »Ich bin froh. Wir werden uns nicht aufregen oder anstrengen die nächste Zeit. Ich brauche das nämlich auch.«

»Und was mach ich, während ihr euch ausruht? Hey! Ich habe Urlaub!« Ahmad stemmt die Fäuste in die Seiten, wackelt mit den Augenbrauen.

Ich platze als erste heraus und kichere, dann kann auch Dennis sich nicht mehr beherrschen und lacht schmerzverzerrt.

Ich bereite mich auf die Sitzung vor, summe die fremde Melodie. Auf einmal finden sich die Worte. Ich singe das Lied auf dem Bett liegend. Ahmad sitzt neben mir.

Is cosúil gur mheath tú nó gur thréig tú an greann
Tá an sneachta go frasach fá bhéal na trá
Do chúl buí daite is do bhéilín sámh
Siúd chugaibh Mary Chinidh is í i ndiaidh an Éirne shnámh

‚A mháithrín mhilis' duirt Máire bhán
Fá bhruach an chladaigh is fá bhéal na trá
‚Maighdean mhara mo mháithrín ard'
Siúd chugaibh Mary Chinidh is í i ndiaidh an Éirne shnámh

Tá mise tuirseach agus beidh go lá
Mo Mháire bhruinneall is mo Phádraig bán
Ar bharr na dtonnta is fá bhéal na trá
Siúd chugaibh Mary Chinidh is í i ndiaidh an Éirne shnámh

Tá an oíche seo dorcha is tá an ghaoth i ndroch aird
Tá an tseisreach ‚na seasamh is na spéarthaí go hard
Ach ar bharr na dtonnta is fá bhéal na trá
Siúd chugaibh Mary Chinidh is í i ndiaidh an Éirne shnámh

Als der letzte Ton verklungen ist, sagt Ahmad: »Mach deine Augen zu, ich fang zu zählen an, während du tiefer und tiefer entspannst, schlafen wirst.«

Ich höre ihn *fünfzig* sagen, rückwärts zählen bis *dreißig*. Bekomme mit, dass er wieder nach vorne zählt, bei *neunundvierzig* aufhört, plötzlich von *siebzig* weg zählt, ich kann ihm kaum mehr folgen, ist es nun vorwärts oder zurück?

Etwas zieht mich fort von seiner Stimme, an einen anderen Ort und auf einmal stehe ich im Hof des Gymnasiums, mit Zöpfen. Ich bin zehn und böse.

Ian schluchzt, dreckiger Rotz klebt unter seiner Nase und ich verkralle die Hand in seinen roten Haaren.

»Du wirst jetzt sofort machen, was ich dir befehle!«, schreie ich ihn an, trete ihn gegen das Schienbein.

»Lass den kleinen Pisser doch in Ruhe«, mischt sich Carla ein. Sie ist zwölf und geschminkt wie ein Model.

Ich schnaufe empört, sage, ohne Ians Haare loszulassen: »Lass mich! Hau ab!«

Carla wippt mit den Hüften, wirft den Kopf zurück und lacht. »Soll ich deinem Papa erzählen, wie du die Jungs drangsalierst?«

Da lasse ich los, Ian rettet sich in das Schulgebäude.

Wir liegen am Strand. Die Clique johlt. Ich sitze rittlings auf Ian, zwicke ihn in die Brustwarzen. Er strampelt, schreit. Sein Knie trifft und ich falle auf ihn. Unsere Blicke treffen sich. Plötzlich habe ich Lust, ihm noch mehr wehzutun, ihn zu quälen. Ich erschrecke darüber, wie böse ich bin. Doch schnell ist Ian auf den Beinen, seine Brustwarzen leuchten wie Korallen, er rennt am Wasser entlang davon. Ich flitze hinterher, die Meute pfeift und lacht. Dann hole ich ihn ein, keuchend stehen wir einander gegenüber.

»Ich liebe dich, Undine, da kannst du machen, was du willst«, stößt Ian hervor.

Ich stütze die Hände auf die Knie. »Ich hasse dich, siehst du nicht, wie sehr ich dich hasse?«

Er lässt sich in den Sand fallen. »Warum?«

Ich setze mich neben ihn. Zucke zusammen, als Ian meine Hand berührt, will ausweichen, doch er hält mich ganz fest. Mit seiner brüchigen Jungenstimme beginnt er zu singen, sieht mich dabei an und ich kann mich nicht rühren. Er singt Strophe um Strophe. Als das Lied zu Ende ist, erlange ich die Fassung zurück.

»Und was bedeutet der Schwachsinn?«, spöttle ich.

»Das sage ich dir erst, wenn du mich auch liebst.«

Ich lache schrill, beinahe hysterisch, renne zu den anderen zurück.

»Ich werde jetzt von zehn bis eins zählen und wenn ich jetzt sage, bist du wieder ganz wach.«

Ich schlage die Augen auf, sage: »Ich muss Ian finden.«

45. Der irische Junge

»Wer ist Ian?«

»Lass mich … Ian … wie hieß er mit Nachnamen?« Ich renne durch Dennis' Wohnung. Dann fällt es mir ein.

»Ians Mutter hieß Mary, sie war Gälin. Als sie ertrank, war er vier oder fünf Jahre alt. Das konnte ich nicht wissen. Hätte ich ihn mir auch zum Prügelknaben gemacht, wenn ich davon gewusst hätte? Er ließ sich alles von mir gefallen, er liebte mich von Anfang an.« Ich muss weinen. »Ich war so gemein zu ihm.«

Ahmad sieht mich fragend an, ich erzähle: »Eines Tages hielt er ein Referat. Wir waren in der vierten Klasse. Er erzählte von Irland und sang das gälische Lied vor allen Schülern. Nach einem Kampf mit ihm am Strand, sang er es für mich. – Die Klasse kringelte sich vor Lachen, als Ian … da verliebte ich mich in ihn.«

»Plötzlich ist dir alles wieder eingefallen.«

»Ian übersetzte für mich. Der Text handelt von einem Mädchen, das ihrer Mutter ins Meer folgt. *The Mermaid.* Ich weiß es wieder ganz genau:

»Die Liebe des Lebens hat dich verlassen
Und du verblasst nun auch
Die Meeresmündung gestäubt von Schnee
Dein Haar weht blond, dein Mund so zart
Wir übergeben Mary Chinidh dem Meer

»Meine liebe Mutter«, sagte die blonde Mary
Am Ufer der Meeresmündung
»ist eine Nixe.«
Wir übergeben Mary Chinidh dem Meer

Die Nacht ist dunkel und stürmisch
Die Wellen schlagen hoch
Auf dem Wellenkamm nahe der Mündung
übergeben wir Mary Chinidh dem Meer

Ich muss ihn finden! Er hat mir das Leben gerettet.« Ich rufe Carla an. »Weißt du eigentlich, wo Ian ist?«
»Wer?«
»Der mit den roten Haaren, den ich immer verprügelt habe, bis wir dann …«
»Dein Schnucki!« Carla lacht sarkastisch, »Es ging ja so traurig aus …«
Ich brülle sie an: »Hast du noch Kontakt mit ihm?«
»Ist ja gut! Nein!«
Ich lege auf.

»Er hat dich gerettet?«, fragt Ahmad und macht sich einen Kaffee. Ich muss jetzt allein sein. Nur, wie soll ich Ahmad loswerden, ohne ihn zu brüskieren?

»Ich habe da einiges auf die Reihe zu kriegen in mir und das kann ich am besten allein.«

Ahmad fixiert mich.

»Undine, es ist ein großer Schritt, den du gerade tust. Kommst du wirklich klar?«

»Aber Ahmad! Ich sammle meine Bausteine zusammen. Mehr nicht, ich schwöre.«

Als Ahmad gegangen ist, taucht Ians mit Sommersprossen übersätes Gesicht vor mir auf. Ich spüre seine feuchten, zarten Küsse auf den Lippen und sein störrisches, rotes Haar zwischen meinen Fingern. Bis zum Abitur waren wir unzertrennlich. Ians Vater war Sekretär bei der Botschaft, er hatte seine Frau Mary in Dublin kennengelernt. Ian wurde in Triest geboren, die Großmutter zog ihn auf, während sein Vater Vertretungen auf der ganzen Welt annahm. Nach dem Schulabschluss holte er Ian zu sich.

Ich erinnere mich an den Abschied, mein Herz klopft wie verrückt, wenn ich daran denke. Ich begleitete ihn zum *Trieste Centrale*. Als er in den Zug nach Wien stieg, durch die schmutzige Scheibe herauswinkte, bis ich ihn nicht mehr sehen konnte, dachte ich, niemals darüber hinwegzukommen.

Zwei Stunden war ich reglos auf einer Bank am Perron sitzen geblieben, glaubte, mein Leben wäre nun endgültig zu Ende.

Ich hole mir ein Glas Wasser, wische die Tränen weg.

»Und es tut jetzt verdammt weh!«, schreie ich in die Stille. »Verdammt weh! Und ich habe seinen Namen völlig ausradiert gehabt in mir!« Ich pfeffere das Wasserglas gegen die Wand. Es zersplittert. Dann lege ich *Sledgehammer* in den CD-Player und laufe über die Scherben. Meine Fußsohlen hinterlassen blutige Spuren auf dem hellen Holzboden. Ehe ich die Schweinerei wegmachen kann, höre ich den Schlüssel im Schloss und gleich darauf nimmt Ahmad mich an der Hand, stoppt meinen Scherbentanz.

Nachher sitze ich auf dem Badewannenrand, Ahmad hockt am Boden vor mir und zupft mit der Pinzette Splitter aus meinen Fußsohlen, desinfiziert und verpflastert sie. Er fragt, wie ich mich jetzt fühle. Ich springe auf, was wehtut, und keife ihn an: »Hör auf mit dem Therapeutenscheiß!« Ich humpele aus dem Badezimmer, drehe die Musik bis zum Anschlag auf. Ahmad dreht zurück.

»Und du hör auf herumzuspinnen! Ich habe dir doch nichts getan?«

Ich schreie, während ich den Lautstärkeregler

wieder hochdrehe: »Du hast den Schmerz in mir aufgeweckt, ich fühle mich entsetzlich!«

Ahmad schaltet die Anlage aus.

Die darauf folgende Stille kommt mir ohrenbetäubend vor. Im Moment ist Ahmad mein Feind. Dann schrillt das Telefon. Keiner von uns rührt sich von der Stelle. Immer weiter läutet es, und endlich gebe ich auf, hechte auf das Bett und hebe ab.

»Ja!«, sage ich wütend.

46. Ein Wiedersehen

»Mir fiel ein, dass die Anna-Maria aus deiner Klasse vor einiger Zeit auf der Party von Giovanni war; ich traf sie dort und wir plauderten ein bisschen«, sagt Carla.

»Aha. Und?«

»Erinnerst du dich an sie?«

»Nein, keine Ahnung.« Ich drehe mich nach Ahmad um, der immer noch an derselben Stelle neben der Musikanlage steht, und lächle ihm beruhigend zu. Er zieht die Mundwinkel aufwärts, nickt versöhnlich. »Was ist mit Anna-Maria?«

Carla zieht an ihrer Zigarette, ich kann es hören, sagt mit dem Ausstoßen des Rauchs: »Sie hat Ian Flannagan ständig verteidigt, wenn du ihm auf den Pelz gerückt bist. Dämmert's? Früher. Ehe ihr miteinander gegangen seid.«

Anna-Maria! Eine kleine Dicke, Außenseiterin wie Ian.

»Die könnte es wissen«, sagt Carla, »sie arbeitet in der Banca di Roma und zwar in der Filiale auf der Piazza Carlo Goldoni. - Es klopft jemand, ciao, Bella!«

Ich gehe zu Ahmad, umarme ihn und entschuldige mich. Er tätschelt meinen Rücken.

»Ich bin auf deiner Seite, Undine.«

Ich hoffe wirklich, dass er mich auffangen kann, wenn ich das Gefühl habe, gleich unterzugehen.

»Wollen wir raus, was essen?«, fragt er.

»Ja.« Ich schlüpfe in meine bequemsten Espadrilles.

»Keinen Fisch heute?«, fragt Ahmad, weil ich Pizza Magherita bestellt habe.

»Nein.«

Während wir aufs Essen warten, bohrt Ahmad: »Ian hat dir also das Leben gerettet. Wie kam es dazu?«

»Müssen wir jetzt wirklich darüber sprechen? Ich bin noch so erfüllt von den Ergebnissen der Sitzung, lass mir etwas Zeit.«

»Ich bin ein Idiot. Du hast schon recht. Es ist genug für heute, verzeih mir.«

Ich stürze mich auf die Pizza, die gerade serviert wird.

Die Tür öffnet sich auf mein erstes Klingeln. Blaue Augen, ein überraschtes Lachen.

»Undine!«

»Wo sind die Sommersprossen?«, frage ich, um mich über den Beinah-Herzstillstand hinwegzuretten.

Ian tritt beiseite. »Im Winter.« Er berührt mein Haar. Ich weiche zurück.

»Anna-Maria hat mir verraten, dass du in der Stadt bist.«

»Komm.«

Die heruntergelassenen Seidenrollos tauchen das Wohnzimmer in goldenes Licht. Ich setze mich auf die kaffeebraune Couch und streichle verlegen das Wildleder. Ian hat nicht einen Millimeter seiner Ausstrahlung in den Jahren eingebüßt. Wie hab ich ihn nur derart verdrängen können? Er bringt Limonade.

»Wie damals bei deiner Oma. Limo ohne Zucker.«

»Es ist das Haus meines Vaters, sein Refugium, damit er immer nach Hause kommen kann.«

»Seit wann bist du wieder hier?«

Ian fläzt sich in den Sessel. Er sieht großartig aus.

»Drei Monate.«

Ich verschlucke mich und huste. »Warum hast du dich nicht gemeldet?«

»Es ist doch Jahre her.«

Ist es möglich, dass er mich so schnell vergessen hat?

Beleidigt fahre ich ihn an: »Wir waren vier Jahre zusammen. Du warst mein erster …«

»War ich nicht.« Damit kommt er zum Sofa, nimmt mich in den Arm. »Wie geht es dir, Jugendliebe?«, sagt er, die Lippen an meinem Ohr.

Ich kann die Tränen nicht zurückhalten.

»Du hast mich vergessen.«

Ian drückt mich fest an sich.

»Nein, natürlich nicht.«

»Was ist aus dir geworden?« Ich rücke ab, mustere sein wettergegerbtes Gesicht, in dem nichts Zartes mehr zu entdecken ist.

»Nach drei Jahren Prag wurde mein Vater nach London versetzt. Ich habe dort Meeresbiologie studiert. Im Herbst werde ich zurückgehen. Jetzt haben wir hier ein Projekt laufen, wir untersuchen den Algenbefall an der Küste.«

Ich lege den Kopf wieder an seine Schulter und summe *Sledgehammer*. »Erinnerst du dich?«

Er lacht.

»Aber in einer Band spiele ich nicht mehr. Verbucht unter Jugendtorheit.«

»So wie ich?« Ich halte die Nähe nicht mehr aus und gehe zum Fenster. »Unsere Liebe … eine Jugendtorheit«, murmle ich.

47. Distanzverlust

Ich bin dabei, meine persönlichen Dinge in den Seesack zu stopfen und pfeffere gerade das Waschzeug hinein, als Ahmad ins Krankenzimmer kommt. Eine Krücke kracht zu Boden, ich fluche. Ahmad hebt sie auf. Da sehe ich, wie blass er ist.

»Was ist los? Seit gestern versuche ich, euch zu erreichen – wo ist Undine?«, frage ich, Schreckliches ahnend.

»Ich kann sie nicht finden. Weder die Botazzis noch Carla wissen, wo sie ist.«

»Ich habe dich gebeten, sie nicht aus den Augen zu lassen!« So ein Idiot! Und er will Therapeut sein!

»Ich war duschen. Plötzlich knallte die Tür. Sofort bin ich in die Hosen, aber sie war nicht mehr zu sehen.«

»Himmelherrgott noch einmal!«

»Seither renne ich wie ein Langstreckenläufer durch Triest auf der Suche nach ihr. Ich habe Mario alarmiert und auch Fredo Bescheid gegeben, falls sie in der Buchhandlung auftaucht. Ich weiß auch nicht, was ich sonst noch machen soll.«

»Fahren wir heim«, sage ich.

Ahmad hängt den Seesack über seine Schulter und folgt mir. Im Schwesternzimmer händigt man mir den Entlassungsbrief aus. Ich könnte aus der Haut fahren!

Zuhause rufe ich sofort Carla an.

»Gib dir Mühe, denk nach. Ahmad sagte mir, du hast vorgestern mit Undine telefoniert. Was habt ihr geredet? Und, Carla, lüg mich bloß nicht an!«

Sie erzählt und mir wird übel.

»Musst du dich übergeben, du bist käsebleich, Mann!«, sagt Ahmad.

»Warum hast du mir nichts von Ian gesagt?«, frage ich. Meine Stimme vibriert, ich bemühe mich, die Wut zurückzuhalten.

Ahmad bittet: »Leg dich hin.« Er setzt sich neben mich aufs Bett und erzählt von der letzten Hypnose. Abschließend sagt er: »Von Ian kommt das Lied.«

»Klasse.« Ich beiße die Zähne aufeinander, damit ich nicht brülle, weil ich genau weiß, sie ist bei ihm.

*

Ich liege in Ians Armbeuge, meine Hand ruht auf seinem Bauch, als hätte es nie eine Distanz zwischen uns gegeben. »Wir sind seit vierundzwanzig Stunden nicht aus dem Bett gekommen. Die Essens- und Duschpausen nicht mitgerechnet.«

Ian hebt den Kopf, betrachtet meine Brüste.

»Es gibt keine Wunden. Seit wann?«

»Erst kurz. Ich habe eine Therapie begonnen.« Ich muss mich aufsetzen, damit er mir richtig zuhört. »Ich weiß jetzt, warum ich damals sterben wollte.«

»Als ich dich aus dem Wasser zerrte – du warst bewusstlos – dich wieder belebt hatte, wurdest du wütend. Du hast mich angespuckt und getreten, wolltest noch einmal auf den Felsen klettern und springen …«

»Ich hatte keine Ahnung, warum ich mich umbringen wollte«, antworte ich und stehe auf, wickle mich ins Laken. »Weißt du, dein Lied, ich wollte es dieser Mary Chinidh nachmachen.« Ich nehme das Limonadenglas vom Nachttisch, trinke die schal schmeckende Flüssigkeit und schüttle mich.

»Ich bring dir frischen«, sagt Ian.

Ich gehe ihm in die Küche nach, setze mich an den runden Tisch. Alles ist hier weiß oder blau.

Ian reicht mir den Saft, ich drücke das Glas an die Kehle, genieße einen Moment die Kühle auf der Haut, ehe ich trinke.

»Ich weiß jetzt fast alles über mich, Ian. Ob ich damit klarkomme?«

Ian schweigt, betrachtet mich.

»Mir ist auch klar geworden … mein Vater hat jahrelang mit meinem Körper gespielt. Als er sich meiner Freundin zuwendete, wollte ich mich aus Eifersucht umbringen.«

Ich heule los.

»Er sagte eines Tages: Du bist kein kleines Mädchen mehr, ich darf nicht mehr mit dir kuscheln, Prinzessin.«

Ians Blick wird unerträglich, ich stelle mich ans Fenster zum Garten. Dort, wo die Sonne den ganzen Tag über hin scheint, ist das Gras verdorrt.

»Ich fühlte mich verstoßen … wie lächerlich.«

Ian schmiegt sich an meinen Rücken, umschlingt mich mit den Armen. »Schsch …« Er küsst mir zärtlich den Hals. »Meine kleine Nixe«, flüstert er.

»Nein, das ist vorbei. Ich weiß genau, wer ich bin. Und ich gehe jetzt in mein Leben zurück, Ian.«

Ich sehe, dass er verstanden hat, denn er lässt mich los.

In der Eingangstür sagt er: »Jugendliebe … ich liebe dich noch immer.«

»Ich liebe Dennis. Du bist Teil meiner Geschichte, sei bitte nicht böse.« Ich weiß, ich liebe beide, aber meine Entscheidung ist getroffen.

Ian kratzt sich im Nacken. »Ich kenne einen Dennis, er war einen Tag auf unserem Schiff …«

»Was? Du bist der Ian vom Schiff? Er darf das niemals erfahren, versprich es mir!«

»Von mir nicht«, sagt Ian. »Ich bin verlobt. Sie ist Gälin, wie meine Mutter.«

Ich streichle zum Abschied seine unrasierte Wange.

48. Zum Teufel mit dir!

Ahmad sitzt an meinem Schreibtisch, kritzelt auf einem Blatt Papier herum, während ich auf dem Bett liege. Die untergehende Sonne malt orangerote Kringel an die Wände. Wir trinken Rotwein, erstarren zugleich, als wir Schließgeräusche an der Tür hören. Ahmad steht sofort auf. »Ich lasse euch besser allein«, sagt er.

Vom Bett aus sehe ich, wie er in der Diele Undine auf die Wange küsst. »Ciao, Bella«, murmelt er.

Mein Herz hämmert wie verrückt.

Sie steht bewegungslos im Wohnzimmereingang. Ihre Züge versteinert, die Augen funkeln in dem umwerfenden Türkisblau. Ich wage es kaum auszusprechen, tu es dann doch: »Habe ich dich verloren?«

»Wäre ich dann hier?« Ihr Gesicht verzieht sich zu einem Lächeln, gezwungen, scheint mir. Undine stößt sich von der Wand ab und kommt näher. In der Mitte des Zimmers bleibt sie wieder stehen, blickt suchend nach oben. Ich fühle, dass sie nach Worten sucht, aber habe keine Ahnung, wie ich ihr dabei helfen könnte.

Endlich sagt sie: »Ich musste es tun, Dennis. Ich hatte keine Wahl. Kannst du das verstehen?« Sie kommt einen weiteren Schritt auf das Bett zu und ihr Gesicht verzerrt sich zu einem Weinen. Ich kann nicht anders, ich sehe sie nackt in den Armen eines Fremden, der sie vögelt.

Sie stürzt sich auf mich, jammert: »Versteh es, bitte. Verlass mich nicht.«

Ich ersuche sie, von meiner Brust runterzugehen, weil es mir den Atem verschlägt.

»Er war mein erster Freund, durch seine Liebe überlebte ich. Das weiß ich jetzt. Ich musste ihn sehen.«

Ich schiebe sie mit aller Kraft weg.

»Ich verstehe, dass du ihn sehen musstest, aber das andere nicht.« Mit Mühe stehe ich auf, greife nach den Krücken, die Ahmad an den Bettrand gestellt hat. Die Angst, sie zu verlieren, klingt ab, dafür kriege ich eine mörderische Wut und bekomme kaum den Mund auf. Es muss aber heraus.

»Verdammt Undine, damit komme ich nicht zurecht.«

Sie sitzt im Schneidersitz auf dem Bett und zupft am ausgefransten Saum der Jeans. Fast tonlos flüstert sie: »Wenigstens weiß ich jetzt genau, zu wem ich gehöre.«

Da kann ich nur lachen.

»Ach ja? Hast du uns genügend getestet?«

»Oh, Dennis, hör doch auf damit!«

»Ich gehe raus, bis später«, sage ich und verfluche den Tag, an dem ich mit ihr auf *San Giusto* zusammengestoßen bin. Mehr geht im Moment nicht.

In der Trattoria möchte ich mich mit Grappa zuschütten, lasse es aber und trinke nur ein paar Espressi.

Undine schläft, als ich hinaufkomme.

Leise lege ich mich neben sie, höre ihre Atemzüge, die wie kleine Schluchzer klingen. Gern würde ich sie in meinen Armen bergen, aber es schmerzt zu sehr, was sie getan hat.

Ich wache auf, weil Undine mich streichelt. Es ist früher Morgen.

»Liebst du mich noch?«, fragt sie.

Was soll ich dazu sagen?

»Ich mache Frühstück«, sagt sie.

»Versau bitte nicht die Küche«, sage ich und probiere ein Grinsen.

Sie verdreht die Augen.

Das Telefon klingelt, Flesh ist dran.

»Gordon! Das ist ja nett, klar kommen wir.«

Undine bringt das Frühstück ans Bett, hilft mir auf den Stuhl. »Wohin gehen wir?«

»Die Crew ist wieder da, sie wollen den Abschluss ihres Projektes feiern und haben mich eingeladen. Kommst du mit?«

»Nein!« Sie macht ein entsetztes Gesicht.

»Was ist denn? Ich kann auch allein gehen, oder mit Ahmad.«

Sie beginnt hektisch die Betten aufzuschütteln, zieht das Laken straff.

»Hey! Was ist los mit dir?«

Da lässt Undine das Kissen fallen, setzt sich und sagt, ohne mich anzusehen: »Ian ist an Bord.«

Meine Tasse kracht auf den Tisch. »Großartig!« Ich lache tatsächlich über diese böse Komödie. »Großartig. Weißt du, was das heißt?« Sie schweigt, weicht meinem Blick aus. »Zum Teufel mit dir«, brülle ich, humple auf sie zu, will ihr eine reinhauen. Sie reißt die Arme schützend hoch. Sofort bereue ich den Ausbruch, will sie an mich drücken, sagen, wie entsetzlich leid es mir tut. Ich würde sie niemals schlagen, niemals. Doch sie weicht aus, rutscht auf dem Bett in die äußerste Ecke, fort von mir.

»Geh weg!«

Ich setze mich lieber wieder, allein dass ich die Hand erhoben habe, ist genug.

»Du bist auch nicht anders! Ich hasse dich!« Undine funkelt mich an.

»Ich bin verrückt vor Eifersucht, aber ich hätte dich niemals geschlagen, das musst du mir einfach glauben.« Ich senke den Blick, schäme mich, aber es brennt mir auf der Zunge: »Warum hast du es gemacht, Undine?«

»Er war das Beste in meiner Kindheit und Jugend … da war das Vertraute wieder.«

49. Heimkehr

Schon von Ferne blinken die bunten Lämpchen des Schiffes am Pier. Musik schwappt in Wellen herüber. Der Wind hat aufgefrischt. Ich lege meine Hand in Dennis', wir flechten die Finger ineinander. Ich frage, ob der Kahn ablegen wird oder die Party vor Anker abgeht. Den ganzen Tag haben wir kaum miteinander gesprochen und darauf geachtet, oberflächlich zu bleiben.

Ich habe Dennis schrecklich verletzt. Gegen Abend flehte ich ihn an, nicht zur Party zu gehen, aber er blieb stur, als würde er nicht genug bekommen können, in unseren Wunden zu wühlen.

»Ich muss euch miteinander sehen, um wieder an unsere Liebe zu glauben, Undine«, sagte er.

Mein Herz holpert, am liebsten möchte ich wegrennen.

»Gordon meinte, auf hoher See«, sagt Dennis und schaut zum geröteten Abendhimmel, an dem dunkelgraue Wolkenfetzen dahinflogen. »Sieht nach Unwetter aus.«

»Dann wird es Budenzauber unter Deck. Oder

Gäste und Mannschaft trotzen gemeinsam dem Sturm.« Ahmad tut so, als würde er sich gegen den Wind stemmen.

Im Gänsemarsch gehen wir über die ausgelegte Planke an Bord. Gordon und Joan begrüßen mich, umarmen Dennis. »Fein, dass ihr es geschafft habt, war etwas knapp.«

Ich bin nervös, kann aber Ian nirgendwo entdecken. Lange Bretter auf Böcken dienen als Unterlage für das Buffet. Das Tischtuch flattert im Wind.

»Ihr wollt echt rausfahren?«, fragt Dennis und nimmt das Glas Sekt von Joan entgegen.

»Gordon meint, wir kreuzen nur entlang der Küste. Er ist ein sentimentaler alter Mann.« Joan lacht, »wir sind viele Wochen herumgeschippert, es ist ein Abschied auf lange Zeit.« Sie reicht auch mir und Ahmad die Getränke. »Greift zu!«, sagt sie und schlendert zu einer anderen Gruppe von Gästen.

Ich lehne mich an die Reling, schaue auf das unruhige, bleigraue Wasser, das gegen den Bug platscht. Auf einmal ruckt es, das Schiff tuckert los. Dennis ist von der Crew umringt. Ich sehe, dass er das Shirt hochzieht, sein Korsett herzeigt.

Allmählich entspanne ich mich, doch in dem Augenblick, als ich mich in Sicherheit glaube, sehe ich Ian Dennis gegenüber stehen. Sie reichen einander die Hände. Ich muss sofort dorthin, dränge mich zu ihnen durch, versuche es mit einem lässigen »Hi in die Runde«, meine Stimme bricht dabei.

Ian wirft mir einen Blick zu, lächelt, wendet sich wieder an Dennis: »Nun, hast du dich inzwischen zu einem Entschluss durchgerungen, was du weiter machen willst? Heim in die Staaten oder doch hier …?«

»Nur weg aus Europa. Läuft nicht so toll. Und du?«

»Ich gehe nach London zurück. In zwei Monaten heirate ich meine Verlobte. Übrigens, falls du immer noch Interesse an der Meeresbiologie hast, ich könnte dir in deiner Heimatstadt einen Kontakt machen. Mein Schwiegervater hat dort einen Bruder.«

Ich spüre Ärger und Verzweiflung, die beiden wissen voneinander und rühren nicht daran, als ob es völlig bedeutungslos sei. Als ob ich bedeutungslos sei. Ich mische mich ein. »Ja, wir gehen nach Chicago … ein neuer Abschnitt.« Ich schnappe mir ein neues Glas mit Sekt, es ist schon alles egal, werfe exaltiert wie Carla den Kopf in den Nacken, lache laut, als sei alles ein Witz. Ist es ja auch! Dennis tritt einen Schritt zurück, mein Arm fällt aus seiner Ellenbogenbeuge.

»Ian, das wäre großartig, vielleicht entkomme ich damit dem Autohandel«, sagt er.

Ich bedeute ihm nichts mehr!

»Toll!«, sage ich, »dann könnt ihr ja weiterhin Kontakt halten!«

»Ich hole mir noch ein Glas«, murmelt Dennis und geht einfach davon.

»Ach, Jugendliebe«, sagt Ian, »lass es gut sein.«

»Männerfreundschaft ist stärker als Liebe. Gut zu wissen.«

Ian seufzt, ich gehe ihm wahrscheinlich auf die Nerven.

»Wir waren uns doch einig. Lass es uns diszipliniert durchstehen«, bittet er.

Meine Wut auf Ian wird unermesslich, ich schlage ihm die Nägel ins Gesicht. Er schubst mich hart weg, ich stürze.

Dennis packt Ian an der Gurgel und drischt ihm die Faust in den Magen. Ian krümmt sich, kommt wieder hoch und verpasst Dennis einen rechten Haken. Andere Männer werfen sich zwischen die Kämpfenden, halten sie fest. Dennis' Lippe blutet und Ians Auge schwillt an.

Gordon kommt dazu. »Seid ihr wahnsinnig geworden?«, schreit er, »Ich kann euch nicht einmal rauswerfen!« Er stellt sich zwischen die beiden, stemmt die Hände in die Hüften und fordert: »Gebt euch die Hände. Frieden!«

Ahmad, der neben Dennis steht, nickt.

»Komm, mach schon!«, sagt er.

Ich hocke am Boden, kann nicht fassen, dass sich Ian und Dennis nicht nur mit Handschlag versöhnen, sondern in den Armen liegen.

Mit letzter Kraft krieche ich an den Rand des Schiffes, lehne mich mit dem Rücken an die Reling. Ich fühle, dass die alten Bilder gleich kommen werden, schon blitzen sie in meinem Gehirn auf, Carla in den Armen meines Papas. Ich war nichts. Ich bin immer noch nichts.

Ich ziehe mich hoch, unter mir schäumt das dunkle Meer. Lockt. Zitternd klettere ich über die Brüstung, stehe am äußeren Rand, halte mich einen Moment an den Verstrebungen fest, um »Ich bin eben doch eine Nixe! Ciao!«, zu rufen. Lasse endlich los.

»Undine!«, brüllen Ian und Dennis hinter mir.

50. Das Ende vom Lied

Ich falle, es ist ganz einfach gewesen.

Außer dem Schwappen, der Dunkelheit nichts, endlich. Wie ein Pfeil schieße ich abwärts. Die Algen umfangen mich, streicheln zärtlich meinen Körper. Tiefer und tiefer trudele ich abwärts, die Strömung nimmt mich mit sich.

Von weither höre ich Dennis rufen, meinen Dennis, doch der Sog treibt mich weiter. Liebkosend schlinge ich die Arme um etwas, damit ich nicht nach oben getragen werde. Ich bin in meiner Welt angelangt.

»Vater, endlich ...«, gurgele ich und schmiege mich an die Brust des Wassermanns. Meine geliebten Schwestern tanzen um mich herum, feiern mit mir die Rückkehr in den Schoß der Familie.

*

Wieder schreie ich Undines Namen, während Ian sich die Kleidung vom Körper reißt und in die Tiefe springt, nach ihr taucht. Im weiten Umkreis sucht er, kommt nach Luft ringend hoch, und ich schreie und schreie, will über die Reling klettern, aber die anderen versuchen mich zurückzuhalten.

»Nicht mit dem Korsett, du säufst ab! Ian ist Rettungsschwimmer, er tut, was er kann!«

Ahmad packt mich an der Hand, ich heule: »Ich kann ohne sie nicht …«

Gordon ruft plötzlich: »Er hat sie!«

Ian hält aber nur ein Stück Schwemmholz hoch.

Alles um mich herum ist vernebelt, Geräusche, Stimmen in weite Ferne gerückt. Träume ich vielleicht nur einen meiner Albträume? Ja, so muss es sein! Ich bemühe mich, aufzuwachen, ein Ton vibriert in mir, rollt durch die Kehle in meine Mundhöhle und ich brülle: »Undine!«

Nein, es ist kein böser Traum! Ich falle auf die Knie.

Irgendjemand schüttelt mich.

»Hör auf damit, Dennis!«

»Knall ihm eine!«, sagt einer.

Mein Kopf fliegt zur Seite, doch ich schreie ihren Namen weiter. Wieder bewegt sich mein Kopf, diesmal zur anderen Seite. Plötzlich kracht etwas in meinem Hirn und das Schreien versiegt. Ich sehe und fühle alles klar wie Glas. Und ich kann daraus nicht mehr erwachen. Nie wieder.

*

Das Türkisblau ihrer Augen funkelt wie Edelstein in der aufgehenden Sonne. Ihr blasser Leib treibt auf dem offenen Meer, schwingt in den Wellen. Fröhlich schlägt Undine mit ihrem Schwanz nach einer der Nixenschwestern. Dann schießt sie davon, versteckt sich hinter den Korallen.

*

»Komm, trink einen mit mir«, sagt der alte Buchhändler.

Er schenkt großzügig Grappa in zwei Gläser. Wir setzen uns an Fredos Schreibtisch; der Alte in den bequemen Sessel, ich auf den knarrenden Stuhl. Schweigend trinken wir.

Nach langer Zeit sage ich: »Ich verlor sie in dem Augenblick, da ich alles verstanden hatte, warum sie so widersprüchlich ist, so wund und verletzt.«

»Viele Menschen, die in Wirklichkeit tot sind, spazieren auf der Straße herum, und viele, die in ihren Gräbern liegen, leben in Wirklichkeit noch. Sagt Abu'l Hasan Khirqani. Sie war innerlich gestorben, ist aufgestanden, hat gekämpft und eine Entscheidung getroffen.« Fredo greift nach meiner Hand, seine fühlt sich kühl und trocken an. Und tröstlich.

»Sie hat sich gegen mich und für den Tod entschieden.« Ich möchte gleich wieder in Tränen ausbrechen.

Fredo lächelt. »Nein, mein Junge. Nicht gegen dich, aber für sich. Stell dir vor, dass es so ist, wie sie dir erzählte. Die Nixe ist bei Neptun geblieben. Endlich heimgekehrt«, schlägt er vor.

»Ja, daran will ich glauben.«

Ich mache mich auf den Weg zum Flughafen, wo Ahmad auf mich wartet.

ENDE

Wenn Ihnen LiebesWellen gefallen hat, würde ich mich über eine Rezension auf der Verkaufsplattform freuen.

Über Elsa Rieger

Mich fasziniert das Menschsein, Menschbleiben in unserer Welt der Polaritäten.

Ist es nur möglich, ein kriegerisches Entweder – Oder ins Leben hinauszubrüllen und darauf zu beharren, recht zu haben? Oder haben wir die Chance, uns auf ein behutsames Sowohl – Als auch einzulassen und in die Welt zu tragen, damit sich die Akzeptanz unter uns ausbreiten kann? Die Akzeptanz, dass Schwarz nichtimmer einfach Schwarz und Weiß nicht unbedingt für jeden gleich Weiß ist. Sowohl als auch. Das verbinde ich in meinen Texten.

Website:
http://www.elsarieger.at/

Social Networks:
https://www.facebook.com/elsa.rieger
https://twitter.com/ElsaRieger

Elsa Rieger – Bücher – eine Auswahl:

Am Abgrund
Roman
Taschenbuch und E-Book

Ein Mann wie Papa
Roman
Taschenbuch und E-Book

mit einer ahnung von liebe
Lyrik
Taschenbuch und E-Book

Die Frau, die sich nicht umdrehte
Erzählungen
Taschenbuch und E-Book

Dann reden wir von Liebe.
Erzählungen und Gedichte
Taschenbuch und E-Book

Der letzte Rabe.
Böse Erzählungen
Taschenbuch und E-Book